U0086145

從現代到當代

鄭樹森著

三民叢刊68

三民書局印行

《從現代到當代》小序

李歐梵

友朋之中鄭樹森是我最欽佩的一位。他雖較我年輕幾歲，但飽學經貫，匯中西於一爐；在文學領域中，他更是文武全才：左手施展各種理論武功，右手又兼掌古今中外文史材料。我每在授課之前或研究上有難題，就會以長途電話向他請教，而每次他（不論如何繁忙）都在電話中有條有理地向我指點迷津，甚至於詳細到某書（一定注明出版年代）的某章某節可讀，某段不可讀，前言曾以論文形式在某雜誌發表，……等等。我聽後不僅汗顏之至，而且拿電話聽筒的手（不管是左是右）都會發抖，原因無他：我感到萬種焦慮——怎麼這麼多種我該看的書都沒有看？豈不虛有（教授）其表，而恐怕還不佩作鄭樹森的學生?!

後來向其他與樹森較接近的朋友和同行「交換情報」之後，才發現他們的感覺也如出一轍。於是又暢然釋懷了，反正我們這些人都是「鄭氏電話教授班」的學徒，但不繳學費，有時候還要害他破費，自付幾個小時的長途電話費。

這本書，足可爲上面的這段話提供證據。

這本書所收集的文章，我大多看過，現在重讀（是在太平洋上空飛往台北的越洋飛機上），竟然一氣呵成，獲益及感觸尤深。

如果說樹森左手出理論、右手出資料（當然還有批評的第三隻手）的話，本書中不少文章可以表現他的右手功力：「輯二」的張愛玲資料——特別是談賴雅（張愛玲丈夫）的一文——可謂發前人所未發之言，而且資料翔實，「賴雅」文本身就是一個花了不少功夫的學術研究著作（我真想看看樹森的萊恩教授訪問及萊恩與張愛玲通信的紀錄）。《哀樂中年》乃張愛玲編劇，解決了我心中的一個謎，因爲這是我最喜歡的老電影之一。張愛玲在英文《二十世紀》中所寫的英文文章，有不少「張迷」都知道，但又有多少人讀過原文？

除了對張愛玲新資料的掌握之外，樹森的右手武功——加上第三隻手的文學批評——也可見於他對於海峽三岸當代作家和作品的熟悉。港台乃他常駐之地，當然駕馭足足有餘，然而西西的大多數作品仍然是靠他的介紹和評價後，才在文壇和學界取得公認的地位。而更令人（包括大陸的朋友如李陀）吃驚的是樹森對於當代大陸新起作家和作品的熟悉：本書「輯一」中所提的作品，至少有一半我沒有讀過，（走筆至此，額角又有汗跡，也許是機艙中的溫度太高了吧！）且不論目前較知名的作家如莫言、蘇童、劉恒和余華（樹森文章初寫於一九八九年，不少英美漢學家還不知不覺，後經李陀大力鼓吹，才逐漸領悟，時在一九八九年後），然而有多少人讀過田中禾和曹乃謙？還有呂新、蕭克凡、謝友鄞？這些新進作家的作品，可能都是樹森午夜失眠、博覽大陸各種文藝雜誌時讀到的（他讀書的時候我們都在蒙頭大睡，高枕無憂）。

我最欣賞的文章，當然是樹森左右聯手——另加第三隻手助陣——的高招產品。

此處似應略加一個小註。

樹森的西洋理論武功，在友朋中無出其右，這是大家公認的事實。他早期曾爲了台港讀者作了不少介紹的工作，譬如《文學理論和比較文學》，就是我和我的研究生必讀之作；還有他和周英雄等合編的結構主義理論，以及現象學和詮釋學的引介，都是功不可沒。然而近年來他已經進入爐火純青之境，不再作介紹工作，而在行文中邊析邊論，引經據典，如果沒有一點理論基礎，可能看不出其簡潔行文中所掩蓋的高招；而懂理論的人則會擊節讚賞，知其招招雖點到即止，卻切中要害。這種寫法，和目前充斥於美國學界的理論文章大不相同，我常常花了二十幾元美金買了一本論文集，檢視內中的文章，大多是玩弄理論遊戲，文句似懂非懂，洋洋二三十頁，其實道理卻甚簡單，令我感到華而不實，大呼上當（常常在憤怒之餘去買本拉美或東歐的小說看）。而樹森的理論文章反是實而不華，言簡意賅，甚至使我覺得此等武功應該多演示幾頁才對，我讀樹森文章每感太短，應該加長。（這和我讀大陸的理論文章恰相反，屢有大刀斬亂麻的衝動），本書收集的文章，都嫌太短，譬如〈中國小說七十年〉

一文就應該加長一倍：前兩頁談到五四文人受進化論的影響，對短篇小說襲用兩位美國學者的見解，就可大書特書，本身就是一篇值得深入研究的題目。

除此之外，他對於西西小說的三篇解讀，處處可見理論上的功力。而最有趣味的是用武俠小說來解讀文學理論的文章：從法蘭克福學派，經女性主義、敘事結構理論，到文類、次文類、反文類的論述，真可謂過五關斬六將，讀來痛快淋漓，感覺不亞於羅蘭巴特筆下的「快感」！而更妙的是：在不知不覺間，樹森也用中國的武俠小說「解構」了西方文學理論；換言之，西洋理論不能亂套到中國文學身上，武俠小說尤然。金庸先生當會莞爾一笑。

另一篇重要的文章是〈西方理論與中國文學研究〉。此文所舉的例子新舊雜陳，卻把英美漢學家一個個（雖然頗爲客氣地）掃下擂台，而文中竟然也提到我早年之作，列爲心理學派，讀來更是全身虛脫，冷汗直流（「小姐，這個飛機上有醫生嗎？沒有？那麼再來一杯酒！」）。事實上，我覺得海外研究中國現、當代文學的學者，有一個難以解決的危機：熟讀原典的人往往對理論不屑一顧，而精通理論的人又中文不足，原典讀的更不夠。換言之，幾乎每一個人都是獨臂刀，往往亂「砍」（訛）一氣，而能左右開弓，學養深厚的大將，實在寥寥無幾。在這些少數全能武功的學者中，樹森更是佼佼者。

然而他又不在乎學術界的名利，他雖在美國任教，卻每每在台港報章雜誌上以中文發表文章，編譯書籍，造福中華子孫。他在這一方面——特別是對於世界文學的介紹——的貢獻，我認爲海峽三岸都應該頒發榮譽獎，這也絕非戲言，目前我知道：捷克的作家就曾有此意，願意請他到布拉格接受介紹捷克文學的最佳貢獻獎，但樹森謙虛，至今未能成行，就如同他至今未訪大陸一樣。所以我在此要大聲疾呼：台灣的兩大報，甚至文建會，更應該授給鄭樹森一筆特別獎金，以銘誌他在現、當代文學領域中的貢獻——至少，這筆獎金可以補貼他耗費龐大的長途電話費。

——一九九三年十二月十四／五日

於太平洋上空

目次

輯二

輯三

輯四

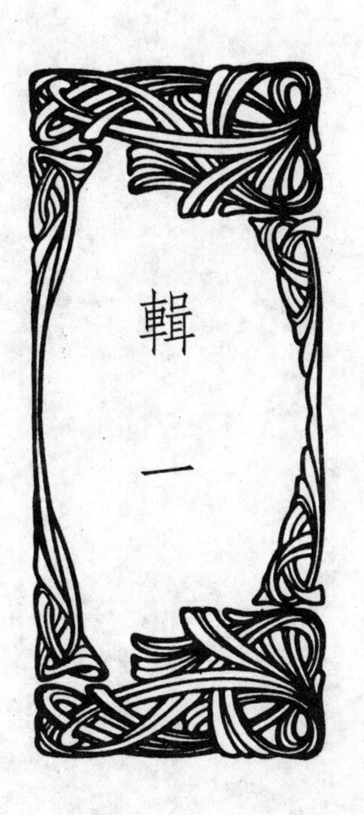

輯一

中國小說七十年

五四新文學運動中誕生的現代小說，是敍述模式的劇變。如同五四運動，這個敍述模式飽受西方的刺激，其總成果堪稱典範的轉換。

新文學運動也是白話文運動，這也許是整個運動中最革命性的一環。當時的主要領導人在肯定白話文的新意義和新價值之餘，也一致將白話和文言兩極對立，而沒有任何中介迴圜。這些普遍受進化論影響的文化領袖，其實是將白話文「神秘化」，使到進步和新生的意義，恰與文言的舊有霸權抗頡。這個急進的語言對立策略，其實是一廂情願的，經不起語言本質的剖析。這個二元對立，正如有些西方學者企圖截然劃分詩語言和日常語言，衹可能是程度上的，甚至是表面的，而不可能是本質的。但在五四時期，從白話文創作到漢語拉丁化，都成爲典範變遷中，意識形態的「迷思」。不過，隨著白話在創作上的逐步勝利和壟斷，原有的「迷思」也就成爲歷史的沉積。

五四人物不但在白話文和拉丁化運動受進化論的影響，對短篇小說的認識也普遍襲用兩位美國學者的見解。布利斯•佩里(Bliss Perry)在一九〇二年出版的《小說的研究》(*A Study of Prose Fiction*)，借用十九世紀末法國文壇對短篇小說的流行看法，認爲短篇小說所處理的「不是全體，而是片段」。這個意見又直接由克萊頓•漢密爾頓(Clayton Hamilton)繼承。後者在一九〇八年的《小說藝術指南》(*A Manual of the Art of Fiction*)，又認爲短篇小說應是「以最經濟之法，最能動人之力，使發生獨一之敘事文感應」(此二書在二〇年代中葉均有商務印書館中譯本)。胡適相當有名的《論短篇小說》，在定義上就是綜合兩家之言。但這個認識上的「橫的移植」，並不限於胡適。郁達夫的《小說論》一書，佈局、人物和背景三章，幾乎全是這兩部書有關意見的編選譯述。茅盾的《小說研究ABC》和趙景深的《小說原理》，不但參考資料中開列書名，其立說中述，也多有借重。通過這些名家的轉化，「橫斷面」及「單一效果」，直到六〇年代末，在臺港的文論裏，還偶有出現，可說是影響深遠。

從詮釋學和讀者反應美學的觀點來看，當時的小說界和理論界能夠如此迅速地接受兩位美國學者的立論，必然有本身的內在需要。但究竟是當時的理論空白或歷史偶然，則有待進一步探討。然而，二〇年代極爲風行的日記體和書信體小說，突出自我，直抒胸臆，明顯地呼應五四時期的個人解放精神。但這種自我剖白的小說類型的出現，又可追溯至歌德小說《少年維特之煩惱》的中譯。此書郭沫若全譯本在一九二二年面世後，風靡一時，尤爲青年讀者熱愛。因此，中國文壇對《維特》的反應，既見於內在精神，又現於外在形式。個人的解放雖有浪漫的基調，但今日回顧，當時的熱情奔放，其實還是比較「傷他悶透」(sentimental)的，也就是李歐梵教授所指的「感傷」，而與西方浪漫主義較高層次的表現，尚有距離。

五四作家無一不對現實人生，有極大的關懷。因此，在自我解放與社會改革糾纏夾雜中，問題小說也至爲蓬勃。倡導問題小說的作家(如周作人)，承繼西方啟蒙主義的精神，認爲這是「近代平民文學的產物」，因此也是進步的、應該推廣的。二〇年代的作品，廣義而言，不管背景是城市或農村，主角是男性或女性，題材是自我或社會，都可納入問題小說的範疇。

在魯迅筆下，問題小說往往也有濃厚的地域色彩。這類作品，歷經彭家煌、魯彥、臺靜農和蹇先艾等，自成體系，以地域色彩的渲染，更爲鮮活地突顯問題。這類作品，有時也泛稱爲鄉土小說，多以區域或鄉鎮爲輻輳，通過景觀、風俗和口語的刻劃模擬，呈現鄉土特色。然而在現代鄉土小說裏，沈從文的作品是頗爲弔詭的。不少論者嘗說，沈從文的作品情調是田園牧歌。廣泛而言，確實如此。但如果把這些作品放回二、三〇年代的歷史時空去解讀，其實文內暗潮洶湧，中國舊式農村社會的開始崩潰，現代中國思想領域的意識危機，都在罅縫齟齬中隱然可見。因此，這些作品無疑是首輓歌，一方面眷戀行將逝去的或已經逝去的（雖然不乏悲哀的事物），另一方面對即將來臨而又未知的一切，懷有某種畏懼和焦慮。從這個角度來看，沈從文的田園模式其實暗藏張力，城鄉之間，文明和原始之間，對立對比，堪稱鄉土小說獨一無二的特殊表現。

一九三〇年，「左翼作家聯盟」在上海成立，通過成立「馬克思主義文藝理論研究會」、「文藝大衆化研討會」及確定左翼機關刊物等十七項提案；又通過綱領，要求「站在無產階級解放鬥爭的戰線上」，「攻破一切反動的保守的要素」，自此確立「革命文學」的陣營。及至一九三二年，瞿秋白根據蘇共黨校材料，編譯成《現實——馬克思主義論文集》一書（魯迅編校），將二〇年代通譯爲「寫實主義」的術語，首次改譯爲「現實主義」，並賦以新義，認爲馬克思和恩格斯在文學創作方法上，是鼓勵「暴露資本主義發展的內部矛盾的現實主義」。二〇年代流行的「寫實主義」一詞，不但沒有任何「革命」意味，在一些名家筆下（如茅盾），甚至和自然主義混爲一談。瞿秋白的新譯，傾向鮮明，立場清楚，也標誌著從文學革命到革命文學的轉變。而茅盾和吳組緗的農村問題小說裏的革命傾向，未嘗不可視爲左翼思潮的折射。

在左翼籠罩下的三〇年代文壇，被目爲主流的是「善於表現革命傾向的客觀的現實主義的文學」（瞿秋白語）。但一九三二年五月創刊的《現代》（施蟄存主編），則別樹一幟，大力介紹西方現代主義文藝。其中施蟄存和穆時英的作品，都有西方現代派心理分析小說的痕跡；內心獨白加上蒙太奇的跳躍手法，在三〇年代的小說界，確實另闢蹊徑，雖然沒有顯著的影響。但在現代中國小說的發展上，這兩位小說家的表現，大概是最接近西方現代派的。

一九三七年七七事變後，狹義的抗戰文學（即題材限於抗日鬥爭）成爲時代需要；作家基於民族大義，紛紛投入。這類作品雖嫌粗糙，但自有其歷史意義，其中也不乏社會效應及藝術經營都能兼顧的，如魯彥的《陳老奶》。少數以側筆去寫後方生活的日常瑣碎，也偶有佳作，如巴金的《豬與雞》。但整個抗戰時期，小說上的重要收穫倒是後期崛起的幾個作家。張愛玲在上海淪陷區的嶄露頭角，誠如柯靈曾經指出的，自有其特殊的歷史時空湊合。然而，以張愛玲的才華，即或未能見知於同代人，也還經得起時間的考驗。而錢鍾書長篇小說《圍城》的幽默、諷刺和諧擬，無疑是現代中國小說史一大異數。至於以長篇見勝的路翎，《飢餓的郭素娥》和《財主底兒女們》（上部一九四五年重慶出版、下部一九四八年上海出版）二書，雖然文筆較弱，沙石夾雜，但其近乎自然主義的手法，原始粗豪，也能自創一格，爲一九四九年前的小說發展史，寫下一個有力的句點。

●

日據時期的臺灣，賴和及楊逵等不少作家的努力，非但維繫文學命脈，並且保存國族意識。這些前輩的奮鬥，不斷挑戰日帝的殖民政策及實踐；在意識形態領域，不少作品扮演抗爭、頡頏的角色。整體而言，日據時期臺灣文學的發展，有異於拉丁美洲、非洲和亞洲的殖民地經驗。這也許和以下先天因素有關：㈠臺灣雖被割讓，母國長期積弱，但仍以地緣政治上相當龐大的實體苟延殘喘；這在其他殖民歷史從未曾有。㈡臺灣原有漢語及漢文化的悠久傳統，因此外來殖民者的語言文化無法完全君臨，最後不得不以行政力量壓制中文；且母體尚存，仍有號召（如吳濁流及鍾理和等憤而離鄉返國），又不同於印度次大陸全面陷落。㈢日本爲往昔東亞中國文化圈的一份子，雖搖身一變而爲殖民帝國，但在語言、文化傳統，難以完全自我膨脹，以文化優越來爲其統治合理化，視爲所謂「啟迪蠻夷」。㈣漢文化的大傳統（如儒家學說）及小傳統（如民間宗教）在臺灣根深柢固，又與日本不無相通之處，使殖民者難以完全摧毀原族羣的價值系統及社會結構。因此日人佔臺五十年，國族意識未滅，漢語文學香火不絕；至楊逵一代，雖被迫以日文寫作，漢文化的影響未斷，臺灣海峽另一邊的閩南語仍爲通用口語。這種情形和其他殖民地被完全佔領，導致文化上的完全降服，大相逕庭。而這一代的作家，在光復後雖一度面臨語言困境，日後也多能以漢語創作，讀者羣遠遠超越臺灣一地，又與不少「後殖民地」新興國家要用舊宗主國語言書寫方有廣大讀者，是截然不同的發展。

在五〇年代，臺灣生存於冷戰的夾縫，極右派反共主義壟斷意識形態領域，整個文化氣候極爲「泛政治化」，連標榜「橫的移植」的《現代詩》，一九五三年的發刊詞中，也不得不附帶一筆「反共八股」。而一九四九年前的新文學在「戒嚴體制」下成爲政治禁忌，形成文學傳統的斷層。這在小說方面尤爲嚴重。與當時的壟斷性意識形態互爲呼應的，便是大量湧現的「反共小說」。這些屬於「政治小說」文類的作品，至今尚爲人稱道的有姜貴的《旋風》（一九五七年自費初版）和潘人木的《蓮漪表妹》（一九五二年）等。但今日回顧，這兩部小說在意識形態上雖然旗幟鮮明，但在內容經營及藝術手法上，卻隱隱然構成自相矛盾和自我瓦解的趨勢。前者以性心理變態來比喻共產主義在中國的茁長，但作者在性方面自然主義式的大膽尖銳，就像路翎一九四三年的《飢餓的郭素娥》，相當震撼（一九六一年的《重陽》也有同樣表現），反倒淹沒原有企圖，成爲小說的驚人特色。後者對蓮漪的塑造，則弔詭地反映出當年右派組織在意識形態鬥爭中的失敗，因而蓮漪的逐步介入和轉向，幾乎變成一種自我的追求、個人的探索，而意識形態的抉擇，成爲一場意外，不是自覺的「主體意識」的完成。相形之下，《旋風》觸及的陰暗面，在情節推展上反較具説服力，也難怪當年差點定下「爲匪張目」的罪名。

在戒嚴心態及極右意識主宰上層建築的五〇年代，夏濟安主編的《文學雜誌》在一九五六年的出現，不啻是對這種壟斷的隱晦抗爭。發刊詞强調「文學不可盡是宣傳」，自有其針對性；以當日標準，刊物的內容也多少沾染自由主義的色彩。一九五九年創刊的《筆匯》（尉天驄主編），在介紹現代主義文學藝術，遠比《文學雜誌》先進；發表的創作也有明顯的前衛傾向。在這兩方面，《筆匯》實是《現代文學》的先驅。後來《筆匯》停刊，一些作者（如姚一葦、何欣和陳映真）移往《現代文學》，也就不難理解。

一九六〇年《文學雜誌》停刊前，《現代文學》創刊。《現代文學》譯介卡夫卡、吳爾芙、卡繆等歐美現代主義名家，引發一些仿作（例如叢甦卡夫卡式的《盲獵》），啟迪多種嘗試（王文興的《欠缺》的敘述角度和啟蒙主題可與喬埃思的《阿拉伯商展》相比），既是創作空間的開拓，也是《文學雜誌》衛護文學主體性的秉承。從這個角度來看，《現代文學》雖然行銷不廣（初期印量不超一千本），但其譯介及創作都與官方的、主宰的意識形態有無形的齟齬。但另一方面，在當時仍是傳統農業社會、尚未開始工業化的臺灣，來自歐美工業革命後的現代主義，其原有的焦慮、不安和異化，在六〇年代初的臺灣社會是難以落實的，因此，這些作品的形式主義的層面，自然特爲彰顯。白先勇、王文興、陳若曦和水晶等吸納心理小說的技法（敘述上的單一觀點、第一或第三人稱的內心獨白、自由聯想式的意識流等），是第三世界作家承受西方現代主義時，常見的覆轍，也是技巧與意識形態並無絕對關聯的實例。然而，這些西方作品的孤寂、自我封閉和內心化的特色，在當時的戒嚴文化體制，卻爲創作另闢曲徑，也就是避開外在社會寫實，轉向內在個人探討。因此，現代主義的引進及影響，與當時的經濟基礎雖無有機、必然的聯繫，卻是整個文化氣候裏相當自然的呼應，是反面的迴響，也是另一種悶局的徵象。

《現代文學》在姚一葦等接編後，原有的同人色彩相對降低，外稿和新人增加，面貌繁富得多。以一九六四年的第十九期爲例，小說有白先勇的〈芝加哥之死〉、王文興的〈欠缺〉、水晶的〈快樂的一天〉、歐陽子的〈貝太太的早晨〉、葉靈的〈弟弟〉和汶津的〈十六歲的獨白〉，也有陳映真的〈將軍族〉和七等生的〈隱遁的小角色〉。前四篇都可歸類爲該刊常見的心理小說。（其中〈芝加哥之死〉也是當時風行的留學生小說，但內涵則超越單純的異國甘苦，詰問流放在新大陸和舊大陸之間的國族文化定位。）但陳映真的〈將軍族》則別有會心，表面是相濡以沫的故事，其實是以階級關係和階級感情的觀點，來喻意省籍矛盾的政治社會問題。喻意敍述的隱晦抑遏，反倒使這則廣義的「政治小說」，委婉含蓄，意在言外，博得藝術與政治之間的均衡。

陳映真也是一九六五年創刊的《劇場》季刊的編輯。《劇場》的譯介莒哈絲的《廣島之戀》、霍布格利葉的《去年在馬倫巴》、安東尼奧尼的《夜》、費里尼的《八部半》和貝克特的《等待果陀》，堪稱現代主義在臺北文化圈的第二波。但在該刊第二期〈我們的話〉，編輯之一的陳映真就用許南村的筆名告誡：「此間出血性地輸入了的現代主義底危機之一，是它的欺罔的形式主義。機械地非難形式，固然是錯誤的罷。但無批判的結果，雖然不曾鼓吹，卻在無意之中做了形式主義的放毒。這似乎是不能不注意的。因此，除了批判之外，便應該逐漸有些表達自己的藝術態度的創作才好。」

但《劇場》自始至終都是本翻譯介紹的刊物。陳映真的創作冀求，要在一九六五年十月創刊的《文學季刊》（尉天驄主編），才得以實現。《文學季刊》沒有發刊詞。第一期也包容並蓄，既有王夢鷗以梁宗之筆名中譯的英國形式主義文論家瑞恰慈的批評，也有余光中和葉珊的詩，還有陳映真、劉大任、施叔青、黃春明、七等生、蔣芸和尉天驄等風格迥異、路線不同的短篇。第二期的稿件也是面貌不一。但第三期的小說在題材、格調、關懷上，無意間協調一致得多。雖然筆墨分殊，手法各異，但黃春明的〈青番公的故事〉、陳映真的〈第一件差事〉、王禎和的〈嫁粧一牛車〉、七等生的〈我愛黑眼珠〉、施叔青的〈紀念碑〉和雷驤的〈犬〉，都立足臺灣。白先勇在差不多同一時期發表的〈遊園驚夢〉，雖爲《臺北人》系列，卻是没落王孫的輓歌；今不如昔的懷舊，與王禎和及黃春明的廣義「鄉土小說」大異其趣。

一九七一年年初的釣魚臺事件，在海外留學生社羣釀成波瀾壯闊的「保釣」運動，其時的戒嚴心態使到臺北當局昧於學運的愛國本質，疏解無力，旋即激變成「敵我矛盾」的鬥爭。隨著同年十月聯合國席位的易手，翌年二月的「上海公報」，臺灣在國際上日形孤立，「釣運」又轉化成「統運」的浪漫憧憬。但外交困境對臺灣的經濟成長並無嚴重打擊。包含社會生產力和社會生產關係的生產方式，在七〇年代的臺灣終於全面變革。以農養工的措施、加工出口的貿易經濟，導致臺灣的日益工業化，但同時也帶來農村人口外流和傳統價值系統逐步解體等第三世界社會轉型期的典型問題。黃春明和王禎和的小說都曾觸及這些情況。宋澤萊一九七八年的〈打牛湳村〉，對臺灣農村在總體生產方式改變後的危機及困厄，有相當尖銳的展示。

七〇年代臺灣經濟轉型的同時，國際地位一再萎縮，政治神話全面破產，政權日益本地化，中產階級逐步壯大；在這種形勢下，一九七七年鄉土文學論戰的爆發，並不偶然。但在這場論戰，意識形態轇轕不清，創作路線與政治禁忌互爲糾纏，臺灣中心與民族本位彼此詰難，再加上文壇派別及個人恩怨，論戰散亂無章，最後各執一端，各自堅持，自屬難免。這場辯爭雖然沒有結論，但突出了一些敏感話題，預告了八〇年代初「中國結」與「臺灣結」的對立。後者到八〇年代中葉後，更直接昇高爲政治上統獨之爭。

臺灣的經濟、社會及文化變遷，也導致女性地位及自主性的緩慢改進。蘇偉貞七〇年代末的〈陪他一段〉，袁瓊瓊八〇年代初的〈自己的天空〉，標題分別顯示女男關係及女性意識的新形態。李昂一九八三年的中篇《殺夫》，更是對男權／父權毫不含糊的挑戰。而施叔青、李黎及蕭颯筆下的一些女主角，都自覺或不自覺地反映出女性的新形象。這些新女性不見得信奉女權主義，但無疑都自有其現實基礎。然而，女性自主意識逐步擡頭之際，也有一些沉溺故舊、間接重新肯定男權／父權價值體系的女作家小說，普受讀者(且極可能是女讀者)的歡迎。另有一些女作家的小說，雖以專業女性的工作和家庭的新關係爲題材，但都無法擺脫男性中心的支配。這些說故事爲主的「中額小說」之暢銷，是舊有意識形態根深柢固的實證。

隨著分衆社會的來臨和消費主義的膨脹，主宰性意識形態加速瓦解，小說的面貌日益歧異，手法也越發多元。抗議小說在內容上百無禁忌；通俗小說模式(從科學幻想到鄉土傳奇)不再受「嚴肅」作家排斥；完全商品化的「作者包裝」和「罐頭小說」成爲新興文化工業，恰好是新經濟基礎的對應。但與此同時，就像其他消費社會，小說藝術仍有少數作家在堅持，以個別創意及自省抗拒布爾喬亞的集體庸俗化。在這方面，張大春的反諷、嘲弄及諧擬(〈四喜憂國〉)；李永平擺盪在神話虛構及現實重塑之間的文化考察(《吉陵春秋》)；陳映真企圖涵蓋五十年來家國的喻意省思(〈趙南棟〉)，都是較爲熟悉的例子。

八〇年代末的中國大陸，在「超前消費」的經濟失控中，也和臺灣一樣，商品化的文學工業產品氾濫。大陸自製內銷不足之餘，還大量引進外來貨色。但中國大陸小說能夠在「開放」的短短十年，走上商業掛帥、市場導向的文學包裝生產路線，其逆轉劇變，與前三十年相較，至爲出人意表。

自一九四九年至七九年的三十年，大陸寫作路線來自毛澤東一九四二年的《在延安文藝座談會上的講話》。《講話》强調文學的階級性，否定抽象的人性論：「在階級社會裏就是只有帶著階級性的人性，而沒有什麼超階級的人性。」《講話》又認定，文學從屬於政治，並爲政治服務：「在現在世界上，一切文化或文學藝術都是屬於一定的階級，屬於一定的政治路線的。」而具體的服務對象是廣大人民羣衆，也就是工農兵。《講話》並確立「無產階級的黨的文學的原則」：「黨的文藝工作……是服從黨在一定革命時期內所規定的革命任務的。」儘管《講話》有其歷史性、策略性和臨時性，並不應該成爲文藝政策；但一九四九年後，由於毛的地位，竟就定於一尊。

與《講話》互相配合的是五〇年代大量譯介的蘇聯的社會主義現實主義的理論及作品。這個理論在三〇年代由斯大林的文藝總管日丹諾夫正式提出，在一九三四年蘇聯第一次作家代表大會正式確立其名稱及寫作原則。「蘇聯作家協會章程」的界定是這樣的：「藝術描寫的真實性和歷史具體性必須與用社會主義精神從思想上改造和教育勞動人民的任務結合起來。」這個解說的限制很大，尤其突顯在黨政人員心目中文學的訓誨、教育和工具作用。此外，斯大林雖然强調文藝的「生活真實」，但他要求的「寫真實」，是要「表現使生活走向社會主義的東西」，亦即一些箋註者所說的「第三種現實——未來的現實、革命的理想、人類的明天」。這其實是違反唯物論、非常唯心的要求，因爲根據這個條框去寫作，作家首先考慮的大概不是生活是「怎樣的」，而是生活要描繪成「應該是怎樣的」。

及至一九五八年，蘇聯寫作界開始有「非英雄化」和「非理想化」傾向的時候，毛澤東提出「革命現實主義和革命浪漫主義」兩結合的創作路線，進一步要求文藝作品將現實生活理想化、完美化，和人物的「高大全」。儘管有這樣的指示，實際上符合或能檢證這個寫作方法的作品不多。大陸論者一般提到的例子不外毛澤東詩詞和大躍進時期的民歌。但「兩結合」的提法其實是將社會主義現實主義推向更爲左傾的路子，是一九六六年至七六年「文革」浩劫時「三突出」方針的前奏。所謂「三突出」，就是「突出所有人物裏的正面人物，突出正面人物裏的英雄人物，突出英雄人物裏的主要人物」。「文革」後期，除了這些突出，開始出現一些應制之作，定量引用「戰無不勝的毛澤東思想」，幫助小說人物解決困難；這些引文例必用粗黑體，唯恐讀者遺漏。寫作至此，連「圖解政治」都不如。「文革」結束後，「三突出」等不免又成爲「文藝黑線」，備受批判。但其實會激化至「三突出」，一九四二年的《講話》已見端倪。大陸文藝政策在前三十年的不斷「極左冒進盲動」，不但堵塞黨員作家的創作空間，更扼殺所謂「從舊社會過來的老作家」的創作生命。沈從文的封筆是著名的例子。巴金在小說上無以爲繼是另一顯例。他如楊絳和錢鍾書，則埋首翻譯和學術。汪曾祺雖曾被江青「解放」，參與「革命樣板京戲」的撰作，但也是遵命文學，與他一九四九年前的多種實驗，南轅北轍。劫後餘生的老作家中，比較年輕的，在十年「開放」期，有幸重拾彩筆，在垂暮之年盡其餘勇，其中汪曾祺和楊絳都卓然有成，不啻鳳凰火浴新生。在理論範疇，朱光潛去世前主張上層建築祇包括法政機構，而意識形態（包括文藝）並不從屬於上層建築；這樣一來，植根於反映論的社會主義現實主義文藝觀，頓失理論基礎。而劉再復先後提出的「人物性格二重組合原理」及「文學主體性」等理論，與朱光潛異曲同工，也是意圖爲文藝創作「鬆綁」。

文藝創作的「鬆綁」，雖在「開放」期，還是有一段認識的過程。小說家劉心武在一九八七年的一場演講，將「新時期」的創作，比喻爲嬰兒從孕育到生產，認爲是大陸文學的再生，因此還有待茁壯。以七〇年代後期的「傷痕文學」爲例，無疑是舊模式的新組合，未能完全擺脫舊有的條框。八〇年代初較有突破的一些小說，如張潔、張賢亮和蔣子龍的作品，發表時備受矚目，主要是因爲通過當前的或歷史的社會問題之披露，反照出廣大讀者的心結，折射出改造社會的慾望，但在藝術上或思想上仍有局限。例如張潔的文字滯贅和內容說教；張賢亮沙石夾雜的筆墨中，對知識份子的「改造」依舊盲從；蔣子龍的改革人物系列小說更泥陷於「正面英雄人物」的變奏。但正因爲這些作品尚能比較自主獨立地反省思考一些問題，起碼在題材及創作自由方面，有所突破和挑戰，爲後來的作品爭取活動空間。

這種階段式的突破，心理小說的出現及普及，也是另一例證。一九七九和八〇年間，王蒙有六篇小說分別採用第一人稱的內心獨白和第三人稱的敍述性獨白，但並沒有自由聯想式的意識流，且故事清晰，人物鮮明，有時尚不乏「光明尾巴」，肯定現行體制，還是引起正反兩面的激辯，在當時某些人眼中，不下洪水猛獸。一九八一年趙振開（北島）在《長江文學叢刊》發表《波動》（原刊一九七九年的民辦刊物《今天》），不單是心理小說的深化，且揭示一整代人的疏離和失落。當時雖有一些討論，但也許是地方雜誌，熱鬧情況遠不及王蒙。《波動》手法和內容這兩個新方向，曾引起海外少數論者的重視，甚至評價過高；但及至八〇年代中葉，就相當普遍；而相較於八〇年代末蘇童和余華等的作品，手法也許還會略嫌老舊。

心理小說是遁入個人，八〇年代中葉頗爲興旺的「尋根」小說，則是將個人溶入羣體的文化體系。兩個創作方向都有降低社會性的傾向。在長期的「政治掛帥」稍略寬鬆時，這種「非政治化」表現是相當自然的。尋根小說都以某個地區爲輻輳，透過景觀、風俗和口語的刻劃，突顯地域色彩，深掘俗文化、大自然與人的三角關係。李杭育尋找吳越文化的葛川江系列，賈平凹秦漢文化色彩濃厚的商州系列，李銳的呂梁山印象系列，和韓少功以湘西楚文化爲背景的幾篇作品，都是尋根熱的成果。不少尋根小說的逸離當前現實，返回舊日社會和往昔情懷，未嘗不可視爲自覺的或不自覺的排拒現實；而休憩於想像世界的構築，既是歷史文化意識的覺醒復甦，也是通過尋根來建造某種個人的「神話」。

儘管如此，到底整個社會數十年來的泛政治化，不可能讓文學置身度外。因此，在魔幻現實主義式的奇異（如莫言的〈球狀閃電〉）、形體或心理扭曲異常的怪誕（如殘雪的中短篇）、近乎歐洲荒謬劇場的構思（如韓少功的〈火宅〉），還是看到歷史在隙縫間涓滴流出，在藝術探求中，政治現實依然夾纏不清，使到作品弔詭地蘊含政治喻意。這個事中見意的不自覺的特色，在黑色幽默（如李曉的〈屋頂上的青草〉）、戲謔諧擬（如李杭育的〈阿三的革命〉）、嘲弄反諷（如陳村的〈故事〉）等針對體制的輕侮嬉笑，自然就墊高拽滿，不加蔽掩。這些敍述實驗之外，另有一些大陸作品重拾十九世紀的古典「批判現實主義」（其實也是五四的傳統），直率平正，揭露陰暗面，義無反顧地「干預生活」。莫言一九八八年的長篇小說《天堂蒜薹之歌》既綜覽社會全局，又追溯歷史成因，恰是理論家盧卡契讚揚的「整體觀照」的範例。

相對於莫言的介入，則有劉恆一九八八年的中篇〈伏羲伏羲〉。後者完全摒棄歷史社會變遷，情節和人物都壓縮約化爲「性慾」掙扎，表現的正是超階級、超政治的基本人性，再加上傳統亂倫神話及挑戰父權／夫權的伊迪帕斯情意結之架構，成爲大陸小說八○年代衝破「性禁區」後，最淋漓明快之作。劉恆將情慾、心理及神話共冶一爐，情節其實相當「煽情」，但作品沒有被題材庸俗化，異常難得。然而，八○年代中葉以來，大陸就氾濫美、臺、港的各類型通俗小說，劉恆的探索和突破，反不如八○年代初一些作品那樣惹人注目。由於通俗小說的風行嚴重打擊舊日的文學市場，各大型刊物都銷路猛降，不少作家也嘗試比較普及流行的創作路線。除了原來就特重趣味性、近乎地方獵奇的作品（如陸文夫和鄧友梅），以電影劇本揚名的王朔一九八九年發表的中篇〈玩的就是心跳〉，也許是「流行」和「正統」結合得較爲成功的試驗。

通俗小說之多樣及風行，以香港爲最。但長期以來，有心人對嚴肅文學的支持，可說是前仆後繼。也許香港的資訊靈通，而禁忌絕無僅有，一九五六年創辦的《文藝新潮》月刊，在譯介現代世界文學（尤其是現代主義）方面，就遙遙領先。刊物由大量製作通俗小說的環球出版社發行，但內容肯定是屬於文藝圈的少數人。該刊一九五六年的第二期，中譯英國詩人史提芬•史賓德評述現代主義消沉的著名論文，同時譯介當代墨西哥詩人渥大維奧•帕斯、戰後美國戲劇名家亞瑟•米勒、法國存在主義小說家薩特、自稱「惡魔主義」的日本感官派小說家谷崎潤一郎、瑞典表現主義小說家及詩人拉蓋克維斯特。第三期中譯將西班牙戲劇推入二十世紀的貝那凡特、英國現代主義詩人艾略特的〈空洞的人〉、希臘現代主義詩派奠基者沙伐利斯的〈舟子頌〉、巴西小說名家馬查多的短篇。第四期的法國文學專號，在二十世紀法國詩的選譯，從梵樂希到夏爾，完整而有系統；小說的五家，紀德的中篇《德秀斯》和薩特的《牆》，都是戰後名作。從這三期的抽樣，可見編者譯介現代文學的苦心孤詣。《文藝新潮》的作者和譯者，都是一九四九年後南來的文人。而南來作家，一般不是從此定居香港（如劉以鬯），就是移民外國（如張愛玲），也有少數赴臺歸隊（如趙滋蕃）。

南來作家中，張愛玲在香港出版的《秧歌》和《赤地之戀》，至今尚爲人稱道，但當時在港沒有迴響。而一九六三年劉以鬯出版的長篇小說《酒徒》，第一人稱內心獨白加上不少自由聯想，應是第一部真正實驗意識流的中國小說。六〇年代雖有幾種同人刊物，但影響深遠的是不少人至今懷念的香港《中國學生周報》。這份周刊在譯介世界文學方面，組織及自覺遠不如《文藝新潮》，但總算繫續不斷，曾繼《文藝新潮》之後再度譯介阿根廷小說家豪赫•博赫斯，並首次介紹德語女作家瑪麗•路易絲•卡施尼茲和伊爾莎•艾興格的詩化小說，及法國「反小說」的新小說。在創作方面，《周報》一向兼收並蓄，既有介入社會的訓誨，亦偶見較富實驗性的探索。西西早期的作品就常在《周報》出現。也斯在七〇年代吸收魔幻現實主義和法國新小說靜態客觀描述，寫出兩類型作品；而前者在嘗試的時間及運用的嫻熟，都遠比大陸和臺灣爲先。七〇年代末出現的《素葉文學》和

《八方》文藝叢刊，秉持同人刊物的獨立堅忍，雖曲高和寡，但薪火相傳，延續文脈。後者率先結合海外、香港、臺灣及大陸的作家，以文化中國的理想，跨越外在樊籬，充份體現香港中介兩岸的微妙地位。踏入八〇年代後，鍾曉陽落花有心的無可奈何（見〈翠袖〉），辛其氏漫游神州的黯然心傷（見〈尋人〉），對大陸和香港之間的種種情意轇轕，未嘗不可供論者作喻意的解讀。

在「五四」的七十周年，回顧中國小說的軌跡，或絕路逢生，或崎嶇顛躓，或斷續方外，衢道不同，表象殊異，但最後仍能不分畛域，相互流通，彼此攻錯，實有賴超越一切的共同文化意識。

❖

一九八九年

*本文原爲洪範版五卷本《現代中國小說選》導言。

從「尋根」到「魔幻現實」

從一九八四年下半年到八六年秋，中國大陸的小說有相當令人訝異的突變，不同的傾向和迥異的探索，紛紛破土而出，本來已發表不少作品的作家（如賈平凹），或是題材和風格已開始定型的作家（如鄭萬隆），都有面貌全新的轉變。這些近作的一些特色和反響，本文擬扼要向臺灣讀者介紹。

揚棄「社會主義現實主義」

在五〇年代，「運動」不斷之餘，大陸文藝界和評論界都大力提倡蘇聯模式的「社會主義現實主義」，特別强調所謂正面人物、光明面和正確思想。但後來連這個也似乎不夠「革命」了，於是便出現所謂「兩結合」，即「革命的現實主義與革命的浪漫主義相結合」。到了「文革」時期，「兩結合」再縮小到「三突出」，即所謂「突出所有人物裏的正面人物，突出正面人物裏的英雄人物，突出英雄人物裏的主要人物」。結果所有人物不但「高大全」，「戰無不勝的毛思想」更定量引用，出現時甚至用黑方體印刷。創作至此，連「圖解政治」都不如。七○年代末期的「傷痕文學」，在暴露黑暗方面雖有掙破，但在寫作藝術上，並沒有擺脫原有的一些條條框框。

一九八五年和八六年萌芽的不少作品（以一般排印周期計算，也就是八四年下半至八六年秋），可以說是對三十多年的種種禁忌、教條、框制（尤其是「社會主義現實主義」這個基礎），相當大膽的突破。讀者只要隨意選讀本書的幾篇作品，就可以看到，「社會主義現實主義」早已蕩然無存。作家對舊日箝制的突破，形式甚多。全力經營藝術表現手段，不涉及任何意識形態，也是打破條條框框的方式。雲淡風清去寫一個全不「英雄」的小人物；甚至是個「反英雄」的人物形象，例如陳村的〈故事〉，是另一種方式。而林斤瀾在〈李地〉的歷史回顧，劉恆在〈狗日的糧食〉裏的辛酸無奈，都可說是殊途同歸，近乎古典的「批判現實主義」。

現實主義的熱潮

自一九八〇年以來，西方的現代主義文學及不少二十世紀的作品，都在比較寬鬆的政治氣候中，較有系統地譯成中文，論介文章也大量湧現。在三十年的封鎖之後，這些譯介一下子風靡讀書界，是不難理解的。一九八二年《當代文藝思潮》第一期所刊出的一個調查，就頗有說明性。這個刊物以蘭州地區的青年讀者爲抽樣對象，發出兩千份問卷，收回一千三百份，發現當時最受歡迎的外國文學讀物是：《外國現代派作品選》（袁可嘉等編）、《沙特研究》（柳鳴九編）、《日本當代短篇小說選》（文潔若等譯）。至於四位最受歡迎的外國作家，分別是：卡夫卡（當時僅有《審判》、《變形記》等三種作品中譯）、沙特（有《嘔吐》及兩部劇本中譯）、貝克特（有《等待果陀》中譯）、約瑟夫•海勒（《第二十二條軍規》）。（乍看之下，倒有點像臺灣六〇年代西洋文藝風潮的另一個版本。）從這個調查結果來看，知識水平較高的青年讀者，在一九八五年「通俗文學」

潮流開始衝擊嚴肅文學之前，相當陶醉於西方現代主義的名作。如果讀者（還是在蘭州這個比較偏遠的地方）都有這種熱潮，青年作家及一些中年作家有某種自覺的或不自覺的吸收和嘗試，也是相當自然的事。但這個過程無疑受到八三年「清除精神污染」運動的干擾。而在這陣冷風過後，一些作品大膽探索，也隱然形成一股潮流。殘雪的一些作品，可能最接近卡夫卡的夢魘風格。徐星的〈無主題變奏〉，一開始就說：「我搞不清除了我現有的一切外，我還應該要什麼。我是什麼?更要命的是我不等待什麼。也許每個人都在等待，莫名其妙地在等待著，……可等待的是什麼，你就是說不清楚。」這個開頭的「荒謬感」非常明顯，遙遙呼應貝克特的《等待果陀》。

不少西方文學史家認爲卡夫卡和拉丁美洲小說的「魔幻現實主義」有歷史血緣。而拉丁美洲小說因屬第三世界文學，在大陸譯介有先天性的優勢；巴加斯•略薩，兩位諾貝爾文學獎得主阿斯杜里亞斯及加西亞•馬奎斯等，都有相當大量的介紹。韓少功、莫言和李杭育等的一些作品，都曾有過類似的探索。而馬原的「後設小說」，則接近西方「後現代主義」的一些嘗試。

尋根與傳統文化

一九八五到八六兩年內，大陸一些青年作家在摸索表現手法之外，也不約而同地回頭去重新探討他們熟悉的地域，以個別地域的風土民俗、語言習慣來開拓創作領域。在一九八五年，鄭萬隆發表〈我的根〉一文，認爲「每一個作家都應該開鑿自己腳下的『文化岩層』」。他並以舊日的黑龍江地區東北文化爲背景，說掌故般寫下總題「異鄉異聞」的系列短篇，沒有說教，沒有條框，只有活潑的文字和古老的人情世故。（本書的〈山之門〉是這個路線的延續。）也是在一九八五年，湖南青年作家韓少功發表〈文學的『根』〉一文，認爲尋根「不是一種廉價的戀舊情緒和地方觀念，不是歇後語之類的淺薄的愛好，而是一種對民族的重新認識，一種審美意識中潛在的歷史因素的甦醒。」立論之餘，韓少功也身體力行，以湘西楚文化來做小說背景，除〈歸去來〉，尚有〈藍蓋子〉、〈爸爸爸〉、〈女女女〉。以〈棋王〉等作品崛起大陸文壇的阿城，亦在〈文化制約著人類〉一文指出：當代大陸文學「尚沒有建立在一個廣泛深厚的文化開掘之中，我們的文學常常包涵社會學的內容。」又說：「中國社會一直動盪不安，使民族文化斷裂，延續至今。」阿城的一些作品，也以西南少數民族社會爲載體。這三位作家之外，賈平凹濃厚秦漢文化色彩的商州系列，李杭育尋找「吳越文化」的葛川江系列，洪峯的關東小說，都是尋根熱中，相當突出的成果。

大陸評論界裏，有人認爲尋根文學的源頭可追溯至長期被大陸文壇忽略的沈從文的學生汪曾祺。又有論者認爲，尋根文學是對民族文化的回歸，也是文化意識的覺醒。劉夢溪就說：「在我們面前橫亙著兩個斷裂帶——與傳統文化的斷裂帶和與當代世界文化的斷裂帶。我們的文學，就生長在這兩個文化斷層的土壤上，因而帶有種種弱點和局限就不足爲怪了。……兩個文化斷裂帶的形成，絕非始於『五四』，而是在第二次世界大戰以後，特別是五〇年代後半期和六〇年代的左傾以及隨之而來的十年動亂。」劉夢溪的意見清楚而大膽，一針見血，指出長期以來閉關封鎖和摧毀民族文化的惡果。尋根文學因此可視爲一種彌縫匡救，自覺地要加强民族文化的意識。

文筆和肌理的經營

相當長期的社會動盪、教育投資的極度偏低、知識分子的不受重視，加上「馬列經典」的直譯文體，大陸一般的文字修養，在不少大陸語文學者眼中，都普遍下降；而一些作家的文筆也連帶波及，的確是「一宗不得不給予一定程度的重視的大事」。由此觀之，本書兩代作家孜孜於文筆的錘鍊，雖未可就說是「形勢一片大好」，但已黍穀生春，頗見轉機。老作家汪曾祺和林斤瀾的〈橋邊小說〉及〈矮凳橋小品〉，都以筆墨散淡見稱；兩個系列都壓抑情節的戲劇性，因而使讀者更爲注意文字本身的特色。整體而言，八五和八六兩年的佳作，都一洗過去不少作品的臃腫累贅、張口見喉之弊，文字都較爲凝煉和較多餘弦。

文字之外，肌理也普遍講究。所謂肌理，相對於整體結構（包括貫穿全篇的主題），泛指局部的表現手段（如意象和象徵），和通過細節烘托出來的氣氛格調。李曉〈屋頂上的青草〉的熱諷，李杭育〈阿三的革命〉的冷嘲，都類近「黑色喜劇」的變奏，但其效果並不單單來自語調的經營，也有賴於個別細節所能喚起的聯想。早些時「傷痕文學」動輒啼哭控訴；這兩篇小說處理社會和個人的暴風驟雨，但戲弄諧謔，反而張力十足，感染力更大。

對探索尋根的批評

尋根文學和向現代主義借鑒是八五和八六大陸小說界兩個主要傾向，但並不相悖（偶亦相輔相成，如韓少功），而兩個傾向都可歸結於三十多年來「文藝爲政治服務」的政策。長期的「政治掛帥」，在稍略放鬆的時候，强調藝術性，特重探索性，甚至降低社會性，是相當自然的反應。

對於長期供奉教條的所謂評論家，西方現代派的影響和風潮，自然最難容忍，不時鳴鼓攻之，自不在話下。其中一位何滿子，甚至「上綱上線」，飛出一頂「反共」的「白帽子」。在八六年三月三十一日上海《文匯報》一篇文章上，他說：「四〇年代的準黃色小說家無名氏的書裏分明也看得出拙劣地摹倣喬伊斯的影子——難怪八〇年代初

『意識派』在中國又時髦了一陣之際，一個省裏的一種刊物上還捧過無名氏，直到不久後他竄到臺灣去進行『反共事業』才煞住。」這位何滿子除了很會「亂飛帽子」，文學評論術語也是「亂飛」，居然會在無名氏的少作看出「意識流」，倒真有點接近所謂西方現代派的夢魘囈語。「教條派」一般的不滿，倒不是「意識流」，而是所謂「三無」：無主題、無人物、無情節。但這也是過激的反應；到目前爲止，大陸小說的借鑒西方現代派，距離貝克特《馬龍三部曲》（這才真正是「三無」），還遠得很。

向民族文化回歸的尋根文學，也未能避開批評。例如李書磊在上海《文匯報》一九八六年三月六日上，就以「文學對文化的逆向選擇」，認爲尋根文學是「落後」和「抗拒新生活」的，「必然導致對歷史進程的反動」。張炯也火藥味濃厚：「如果在社會主義時代，繁榮和發展社會主義的文學藝術，卻要到民族的原始神話、古代的老莊哲學、神道佛教，以至於陋風窳俗中去尋『根』，這種背向現實而面向古代的做法，能說是正確的嗎？」（見天津《文學自由談》一九八六年一月號）一向肯定青年作家的李劼則有比較特別的看法。他認爲「無論多麼現代派也不會失落民族的特性」，但傳統文化的沉澱，「結果就有可能在找到民族的自我傳統的同時重新丟掉覺醒了的人的自我」。這些論點顯示的，無疑還是文學的任務和社會效果的老包袱，對於文學在實際改革及社會變化中的功能和影響，不必要地誇張和强調。

在批評追求藝術性的聲音中，比較意外的是，也包括開明敢言的劉賓雁。在八六年《民主與法制》一篇訪問中，他表示：目前不少作品完全不反映社會問題，是不正常的現象，祇求藝術突破，不管涉及億萬人民命運的問題，「真是不可思議！」「我不相信這類題材寫不出藝術性！」原定在一九八七年《文學評論》第一期發表的《門外議小說》（後因開除出黨被撕掉），進一步發揮這個觀點，但說明不是完全反對藝術追求，而是希望劃個百分比，將這種探索限於少數。在新聞自由匱乏的情形下，劉賓雁的觀點是可以理解的，因爲小説「介入生活」，可以透視社會現象，衝破媒體的局限。但這種要求，會否令文學踰越本質，扮演另一種角色？而且，藝術探索要比例規範，既有違個人自由選擇，實際上也辦不到，除非回到「文藝黨官」統管一切的舊局。其實，幾十年來的「天翻地覆」，大陸作家不可能無動於衷，也不可能自外於變遷動盪，「介入」是會自然出現的。例如莫言八八年發表的長篇小説《天堂蒜薹之歌》，就不再實驗敍述模式和表現手法，走批判現實主義路線，但因爲能夠綜覽全局，追溯歷史成因，也自成績斐然。

劉賓雁之外，一九八六年秋天，青年評論者劉曉波在「新時期十年文學討論會」，左右開弓，同時猛批現代派和尋根派，非常「出格」。劉曉波首先全面肯定魯迅，認爲「新時期文學」（即過去十年）的總成績「誰也不敢説超越了魯迅、超越了五四文學」。其次則指責尋根文學「表現出一種向後看的意識，有一種觀念上的倒退趨勢」。並同時貶斥現代派，説是「儘管模仿了西方現代藝術的技巧，但由於不是出自切身體驗，顯得不倫不類」。他甚至咬定阿城的語言「幾乎是五四文學那兒抄來的」。因此，劉曉波的結論是：「新時期文學絲毫沒有什麼值得驕傲的東西，相反卻暗伏著重重危機。」（劉文見香港《百姓》半月刊一九八六年十月十六日第一三〇期及十一月一日第一三一期）

撇開劉曉波非常獨特的個別意見，大陸小説的探索創新，雖有上述立場迥異的批評，但也有好幾份評論刊物，例如《當代文藝思潮》（已停刊）、《當代文藝探索》（已停刊）、《當代作家評論》等，一再發表肯定讚揚的文章；也有好幾部選本，例如《探索小説集》、《新小説在一九八五年》和《中國小説一九八六》等，都以這兩年不同角度的試驗爲主，通過編選來肯定其成就。

八七年的「文藝冬天」

踏入一九八七年後不久，大陸政局動盪不安，疾風驟雨。一九八七年一月一日的《人民日報》，厲呼要「旗幟鮮明地反對資產階級自由化」。一月六日，「作協」書記鮑昌在「青年文學創作會」上，批評「尋根」、「現代派」、「藝術深化」等創作路線。隨著胡耀邦的垮臺，內鬥激劇，文學界及知識分子又首當其衝。在劉賓雁被正式「開除黨籍」之前，一月十七日召開的「全國文化局長會議」就要求作家「謹守黨的政策方針」，並聲明「對資產階級自由化的文藝產品要加以抵制和批評」。一月二十七日，當時「人大委員會」負責人彭真再次「高舉」一九四二年的《延安文藝座談會講話》，要求文藝界「再度學習講話」。

由於政局突變，八五及八六年間利於探索和反思的暖風，逆轉爲寒霜，使到這兩年培植的新苗，在八七年間沒有茁壯的機會，是乏收的一年。但隨著「教條派」反撲的失敗，八七年年底的文化氣候又緩和過來；就八八年上半年各大型文學刊物的發稿情況來看（本書所收李杭育、鄭萬隆和韓少功三篇則原在海外發表），基本上是八五及八六兩年的延續，但似乎未見新星的出現。

❖

一九八七年三月／一九八八年七月

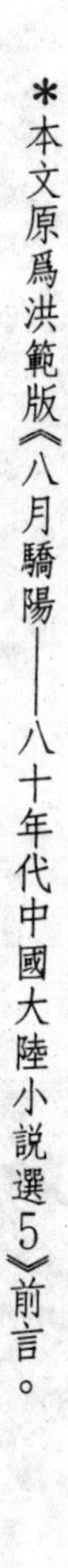
＊本文原爲洪範版《八月驕陽——八十年代中國大陸小說選5》前言。

從「後設」到「喻意寫實」

一九八七年年初中共總書記胡耀邦垮臺。「反資產階級自由化」運動彷如疾風暴雨，突襲蓬勃旺盛的大陸文藝界。重要文學期刊都紛紛抽撤積壓相當前衛或比較尖銳的創作。這個運動在政治權力傾軋中，因「改革派」的策略性緩衝，下半年氣候雖陰霾不霽，但對文藝生機已無大礙。儘管如此，不少大陸論者對一九八七年的文學創作，都有「低谷」之說。海外遠眺，則又不盡然。這一年有余華的脫胎換骨，葉兆言的崛起，李銳和劉恒的備受矚目，莫言及韓少功的穩健表現，雖不敢言豐收，也還差强人意。

「反資產階級自由化」，顧名思義，針對的是西方思潮，企圖保衛灌輸數十年但日益褪色的舊有意識形態。但小說界的某種「西化」傾向，並沒有就此斲喪。在「後設小說」(metafiction)的敘述模式上極見功力的馬原，一度返璞歸真，以「文革」知識青年「上山下鄉」運動爲背景，寫下敘述上相當傳統的短篇〈錯誤〉(《人民文學》一九八七年第一期)。但自一九八八年起，「後設」模式在其他青年作家筆下大量湧現，直至一九八九年，另成一股風潮。向以關東鄉土尋根小說見稱的洪峯，也突改路線，模倣這個敘述方式。連葉兆言以傳奇性爲重點的中篇小說〈棗樹的故事〉(《收穫》一九八八年第二期)，也在針線綿密的情節鋪陳中，以「後設」略作點綴。他如蘇童、格非和孫甘露也都延續「後設」路線。但在孫甘露手上，這個敘述手法堪稱「疲態畢露」。尤有甚者，孫甘露的倣效，加上過度割裂和壓縮，似未能達成迫使讀者思考的預期效果；故弄玄虛之餘，已流爲貌作前衛的公式演練。所謂「後設小說」，自阿根廷大師博赫斯至義大利名家卡爾維諾，雖說香火不滅，但始終從者不衆，因爲通過小說形式來重新省思藝術的本質、虛構的性相、文字的「言意」困境，是企圖以具體情節來從事抽象思維；一般雖能如俄國形式主義學派所言，「暴露表現手段的真相」、拒絕讀者廉價認同、迫使讀者認清藝術寫真(mimesis)的虛託；但正如所有前衛實驗，一旦多次重複，原有創意往往蕩然無存，徒具形式。這種但求形式的刻意，洪峯亦然。然而，「後設」風潮裏，偶亦不乏形實交溶的均衡表現，例如蘇童的〈平靜如水〉（《收穫》一九八九年第一期）。

在「後設」之外，較早曾對大陸小說家頗有影響的「魔幻現實主義」則已退潮。卡夫卡和荒謬劇式的情節構思，早與「文革」的非理性和詭譎幻變，相當有機地結合，成爲現實基礎深厚的表現方式。但如同「後設」敍述，此一類型的構思也有「巧妙天成」與「故弄玄虛」之別。韓少功一九八八年發表的〈謀殺〉（香港《八方》文藝叢刊一九八八年總第八輯）恰到好處，但殘雪小說的夢囈癲狂則冗漫覆沓，令人掩卷而逃。同樣，徐星一九八九年年初發表的〈剩下的都屬於你〉（《中外文學》一九八九年第一期），企圖將美國「敲打一代」小說家傑克•克洛厄的長篇《在路上》（一九五七年；此書在「文革」前就有內部發行的中譯本），在中國大陸土地上重走一遍。克洛厄自傳體的《在路上》，代表「敲打一代」反工業文明、追求個人解放的立場，其中流浪、性愛、甚至吸毒，都是「反叛」的姿式，必須在作品本身的特殊歷史脈絡中理解。由於八○年代中國大陸報導文學繽紛繁富，徐星的模倣，介乎報導與創作之間的內容不見得引人入勝，「綴段式」(episodic)手法更談不上突破。

如果西方現代主義（如卡夫卡及荒謬劇）和後現代主義（如「後設」小說）的表現

方式都同時（而不是順時）見諸大陸小說，恰好說明第三世界國家的上層建築的發展，與其經濟基礎並無必然的呼應關係。反之，由於文學藝術屬於個別行爲，在禁忌崩塌及管制失靈時，往往會遙遙領先於社會、經濟及其他領域。換言之，八〇年代的大陸小說界，一方面是西方二十世紀歐美文藝思潮嬗變的全過程濃縮，另一方面則是「社會主義現實主義」作爲黨國文藝政策的日薄崦嵫。

與此同時，配合八〇年代大陸經濟的逐步開放，官方要求國營文藝事業必須「創造收入」和「自負盈虧」，在八〇年代末期「超前消費」的內部經濟過熱中，更加劇媚衆通俗的類型寫作（如武俠小說、愛情小說、內幕報導）的氾濫，促使從現代到後現代的實驗作品更爲曲高和寡。在這種「寫作商品化」浪潮中冒現的王朔的中長篇小說，反映的似乎是西方後現代文化裏，「嚴肅」借鑒和轉化「通俗」的另一趨勢。以代表作長篇小說《玩的就是心跳》（《文學四季》一九八八年總第一輯）爲例，故事情節緊扣「金錢萬能」的扭曲心態，和隨之而來的抗拒舊日清規戒律的極端享樂主義。人物堪稱大陸某種城市青年的羣體塑像；玩世不恭，但缺乏深度；放縱享樂，但內心空洞。敍述模式是大故事框架幾種小故事，但又不作傳統的糾葛和消解，成爲開放性結局。最突出的是語言的鮮活及其時代性。因此，王朔筆下的人物、心態和語言是「社會主義現實主義」及官方報刊僵化文體的正面挑戰。這和實驗性作品從另一方向瓦解原有的文藝範典及官方意識形態，堪稱異曲同工。

相對於故事性濃厚的王朔或致力打破故事幻象效果的「後設」派，則有八〇年代中葉興起的古爲今用的筆記體小說。以林斤瀾和汪曾祺爲首的這類作品，淡化情節，特重意境，講究筆墨，企圖以小窺大，是轉化本土小說傳統的成功範本。近兩年來承襲汪、林一脈的，有過去曾發表大量小說的田中禾。後者以民國爲背景的「落葉溪」系列，用一個小城爲輻輳，聯繫各個獨立的故事單元。合觀單閱均可，大體上沿承林斤瀾「矮凳橋小品」系列的做法。這種系列短篇以地理爲外在的統一框架，每篇集中經營一個人物，結集成書後，雖無長篇鉅製的波瀾壯闊，但效果倣如中國傳統山水畫的「散點透視」，既可隨意遊目，又能整體綜覽，自有其特色。

許多大陸作家都有說不盡的「反右」或「文革」故事。筆記體的極短篇似是不少作家鍾愛的形式，而「黑色幽默」則是常見風格（林斤瀾篇幅較長的「文革」故事「十年十癔」系列也是這個風格）。「黑色幽默」在藝術表現上，泛指用諧謔、逗笑、鋒利機智的手法去透視現實中的悲劇，揭示生命裏的無可奈何。但「文革」小故事確實「笑中有淚」，似又稍異於一般「藝術虛構」。大陸有論者稱之爲「新世說」，因爲「自漢以來，就有《世說新語》那樣融紀實與文學於一爐的筆記文體，一則則簡短雋永，雖然不是宏文巨著，卻也爲時代留下了藝術的記錄。」「文革」十年浩劫，各方面損失不可能用數字衡量。作家鋒鏑餘生，如果還鉗口韜筆，說不定他日真就剩下一堆數字。今有論者認爲文學不外是一堆「文字論述」，鈎章棘句與銅琶鐵板，均無二致。但如果文學要比歷史「更真實」，或因其對讀者尚另有內在感染力。這些小故事，不管文類上怎樣稱呼，自有其銖積寸累之功。

近年鄉土小說的新人中，有意走系列組織的，是以〈到黑夜我想你沒辦法〉獲《北京文學》月刊一九八八年新人新作獎的山西作家曹乃謙。曹乃謙的捕捉地方口語，頗受汪曾祺推許。但也許是作品內容的泥土性及現實性，曹乃謙一般著墨較濃，不似汪曾祺散淡。曹乃謙之外，楊爭光的鄉土小說，在「現代派」的衝擊下，將寫實的情節抽離一些因果關係和說明文字，雜以「怪誕」成份，可說是另闢蹊徑。這種「怪誕」(grotesque)，或爲形體扭曲，或爲心理變異，讀後往往有超乎常理和違背一般經驗的感覺，例如《人民文學》一九八九年一月號發表的〈我好像聽到了一聲狗叫〉。

相形之下，新進作家呂新的鄉土小說，在表現手法上就比較傳統，繼承的是五四以來鄉土小說的現實主義路線，故事的敘述也講求傳統的完整性，因此情節推展和動機鋪陳都規矩方圓。比呂新崛起更早的鄉土作家劉恒，先以〈狗日的糧食〉廣受矚目，再以中篇〈伏羲伏羲〉（《北京文學》一九八八年第三期）震驚文壇。這個中篇再次結合食和色兩大生存問題，但同時用古老的亂倫神話框架，是典型的佛洛依德「伊狄帕斯」情意結的中國演繹。但這個中篇的成功，並不單憑古典神話的現代詮釋，或深層心理問題的鄉土落實，而是作者將歷史、政治、文化等外在層次的簡約，造成生理和心理的異常之凸顯或「前景化」（foregrounding），一方面排斥過去的文藝教條，另一方面則製造出令人戰慄的效果。

劉恒的神話框架和濃縮簡約使到〈伏羲伏羲〉不見得需要特定的時空。但對依舊執著於「批判現實主義」的小說家，時空的特定具體則是先決條件。「批判現實主義」並不單指取材生活和手法寫實，而是強調某種傾向性，亦即作品必須針砭時弊和揭露社會黑暗面。這個十九世紀的偉大傳統，也是五四時期中國小說的主流。蕭克凡的〈白羊〉

(《上海文學》一九八九年第六期)和謝友鄞的〈血秧子〉(《上海文學》一九八九年第七期),題材來自工農生活,但呈現的絕不是「社會主義現實主義」全盛時期的「豔陽天」和「金光大道」。這兩則短篇都平鋪白描,重點不在形式探索或語言實驗,而是震撼動人的素材。

曾向魔幻現實主義借鑒的莫言,也在近年回歸「批判現實主義」的傳統,在一九八八年發表的長篇小説《天堂蒜薹之歌》(洪範版一九八九年刊行),成績斐然。在這部長篇,北方農民面對肉體和精神的長期欺壓和淩辱,忍受力之强韌,遠超常人想像。另一方面,這些細節的力量,並不在其意想不到的殘酷,而在於其所代表的高壓制度。毛澤東一九四二年的《在延安文藝座談會上的講話》曾説:「人民生活中本來存在著文學藝術原料的礦藏,這是自然形態的東西,是粗糙的東西,但也是最生動、最豐富、最基本的東西;在這點上説,它們使一切文學藝術相形見絀,它們是一切文學藝術取之不盡、用之不竭的唯一的源泉。」《講話》長期以來都是大陸的最高文藝政策,但數十年來究竟開採了多少人民生活的礦藏,作家和讀者都很清楚,不必多贅。但莫言的這部長篇,非常生動活潑、也不無弔詭地重詮這段話,讓我們通過文學的反映,管窺社會主義的真正現實。

努力嘗試迥異的寫作路線，似乎是近兩三年一些大陸小說家的特色。莫言是臺灣和海外讀者比較熟悉的例子。但敍述方式變換最劇的大概首推余華。余華一九八三年間開始發表創作。一九八六年起，幾乎每篇小說都實驗不同的敍述方式。中篇〈一九八六年〉（《收穫》一九八七年第六期）對「文革」浩劫的疏離處理，中篇〈河邊的錯誤〉（《鍾山》一九八八年第一期）近乎推理小說的設計，中篇〈世事如煙〉（《收穫》一九八八年第五期）完全拒絕介入的敍事者及阿拉伯號碼命名的人物，中篇〈古典愛情〉（《北京文學》一九八八年第十二期）的重寫傳統話本情愛故事，短篇〈往事與刑罰〉（《北京文學》一九八九年第二期）類近科幻小說的返回歷史的空間旅行，短篇〈鮮血梅花〉（《人民文學》一九八九年第三期）襲用武俠小說模式的舊瓶新酒，可說是不論成敗，當前最勇於嘗試和突破的青年小說家。然而，在這些耀目的試驗裏，余華的世界又似有其不變的常數。〈一九八六年〉裏的發瘋與自虐，〈四月三日事件〉（《收穫》一九八七年第五期）裏的焦躁及恐懼，〈現實一種〉（《北京文學》一九八八年第一期）的兄弟殘殺親子的迫害狂，〈河邊的錯誤〉的瘋子連番殺人，〈世事如煙〉裏的死亡與變態，〈難逃劫數〉（《收獲》一九八八年第六期）的暴力和自毀，〈往事與刑罰〉裏的酷刑及虐殺，都指向一個非理性、無法掌握、病態、精神分裂（schizophrenia）的世界。也許就如英國心理學家萊恩（R. D. Laing）所說的，在一個倒錯瘋狂的世界裏，唯一理性的對抗和接受方式就是精神分裂。因此，面對余華血腥、暴虐、毛骨悚然的精神病患世界，或許可以追溯其根源，進行社會、政治、歷史的「喻意」解讀。

余華之外，格非也是另一位致力形式實驗和內心發掘的小說家。他的〈褐色鳥羣〉（《鍾山》一九八八年第二期）情節跳接，人物錯位，在疑幻疑真中探討性愛、情慾、生死等原始問題，是值得注意的新星。余華和格非的光怪陸離，都以中國大陸爲背景。一旦從舊大陸轉到新大陸，中國作家又往往跌回現實生活中的柴米油鹽。八〇年代大陸作家不斷訪問美國，前後十年近八萬人的留學及遊學，在文學上似乎重複往昔臺灣留學經驗的軌跡。先是遊記（如王蒙及丁玲等）和旅美經驗談之類的作品，接踵而來的就是留學生文學。最早在海外發表小說的是查建英（早期在《香港文學》上用筆名小楂和曉楂）。相對於王蒙《相見時難》的條條框框，她的視野開闊，文字圓熟，爲這段時期的碰擊留下有力的藝術形象。

一九八九年六月四日後，有些刊物無法如期出版，有些立刻改轅易轍，有些被迫進行內部改組，有些則被勒令停刊。八〇年代中國大陸小說界的柳綠花紅，至此芝艾同焚。❖

一九八九年十二月／一九九〇年二月

*本文原爲洪範版《哭泣的窗戶——八十年代中國大陸小說選6》序言。

香港文學的界定

要出版任何香港文學選輯，首要的問題就是香港文學的定義。出生或成長於香港的作家在香港寫作、發表和結集的作品，自然是香港文學。

但是，不少作家雖在香港出生或成長，居港時間很長，但文學生命的起點及持續卻在臺灣。詩人張錯（翱翱）就是一個顯著的例子。張錯自港赴臺升學，在香港文壇沒有留下什麼痕跡，和當時的文藝社團也沒有往來。但在赴臺後兩年多，就出版散文集和詩集，並發起星座詩社，投入當時臺灣的現代詩運動。旅美後作品也一直在臺發表結集，亦未再返港定居。時至今日，香港文壇不少朋友的印象是，張錯是「臺灣」作家。同樣是赴臺升學，戴天雖以參加《現代文學》的創辦進入當代臺灣文學發展史，但後來居港三十多年，長期在港寫專欄、編刊物和主持叢書，香港「身分」從未有人質疑。

毫無疑問的自然是西西、也斯和何福仁等這些在港成長、念書、居住和發表作品的作家。但即使是這些「成色」毫不混雜的香港作家，和臺灣文壇也關係密切。也斯的第一本散文集、第一本小說集和第一部外國文學譯介，都是完成於香港而在臺北刊行的。不過，也斯八〇年代則幾又祇在香港出版詩集、散文集和小說集，和臺灣文壇隔閡多了。與也斯情形相反的則是西西。她在香港出版三部中篇小說、一本短篇小說、一本詩集和一本合集後，突然被臺北「發現」，作品近十多年來湧現臺北報刊，也都在臺北結集，舊作也全部在臺重出，以致早兩年香港的官方年鑑都將她誤爲「臺灣」作家。西西和也斯等自然是香港作家，祇是湊巧在港、臺兩地都有分量相當的集子，而臺灣文壇也肯定不會視爲「本地」作家。至於較年輕的鍾曉陽，情況略爲不同。她雖然崛起於香港的文學徵文獎，也在港出版第一本書，但卻先暢銷臺灣，才受到香港的商業出版社注意，作品集到八〇年代中葉在香港刊行後，頗受香港讀者歡迎。

在這些香港作家之外，一九四九年後有一批大陸作家南來，數十年來居港發展，也早已成爲香港文壇的元老。劉以鬯和林以亮都居港四十年以上。劉先生長期主編副刊及文學刊物；林先生五、六〇年代推動香港電影工業，稍後主持英文《譯叢》，都影響深遠。早年香港文藝界都視之爲「南來」作家。但在四十年後，已經成爲道地港人。而在大陸七〇年代末開放後，另有不少作者先後來港，成爲「南來」作者羣的第二波，例如金兆、楊明顯和顏純鈎等。

大陸作家南來之外，也有臺灣作家跨海而來。特別知名的是詩人余光中、散文家逯耀東和小說家施叔青；而以余光中的影響較大，香港詩壇至今尚有「余派」之說。逯耀東則在港創辦《中國人》月刊，一度與當時香港兩大文化刊物鼎足而三。施叔青細訴香港男女社交風情之後，近年企圖重塑香港殖民地發展歷史，野心不小。但也許和早年的張愛玲（甚或趙滋蕃）一樣，這些作家雖曾在港放光發熱，寫下他們生命中重要的作品，恐終究是香港文壇的過客，又與定居的南來作家不同。

施叔青因爲美籍夫婿的事業而客寓香港，雖仍入選各種臺灣小說集，但到底又與長住家鄉的臺灣文友不同。香港作家也有因婚嫁而長居國外的。蓬草及綠騎士是較熟悉的例子。在「一九九七」日益接近的今天，亦有香港作家開始移居外國。第一波及第二波南來作家都曾在香港另創局面。但在「九七」前的過渡期，香港作家的外流，會有什麼影響，則尚難預估。

近年來臺灣文壇及文化界在面對開放後的大陸新局，常有中原與邊陲關係之討論。但對香港來說，無論語言、文化傳承、地理環境及生存條件，香港都無法自外於「中原」，但客觀情況又注定香港要扮演「邊陲」角色（絕無可能另謀發展），而且往往大陸與臺灣皆視爲邊陲。但香港作家游移出入於兩大華文地區，又流動遷徙於歐美外國，其實也正是這個國際性小島城市在文學發展上的一個特色。而長期以來，在介紹西方現代主義文藝（如五〇年代的《文藝新潮》雜誌），在認識西方電影新潮（如六〇年代的《中國學生周報》及各種影會），在中介大陸地區的文學藝術，香港都曾以其開放性得風氣之先，這也是香港文壇的另一特色。

綜合而言，香港文學有狹義的和廣義的兩種。廣義的包括過港的、南來暫住又離港的、僅在臺灣發展的、移民外國的。但兩種之間隨著時間的流逝，有時不免又得重新界定。 ❖

一九九二年

*本文原爲一九九二年八月《聯合文學》月刊香港文學專號前言。

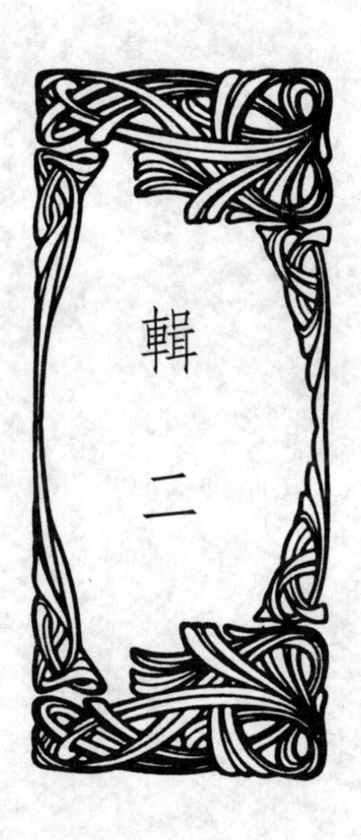

輯二

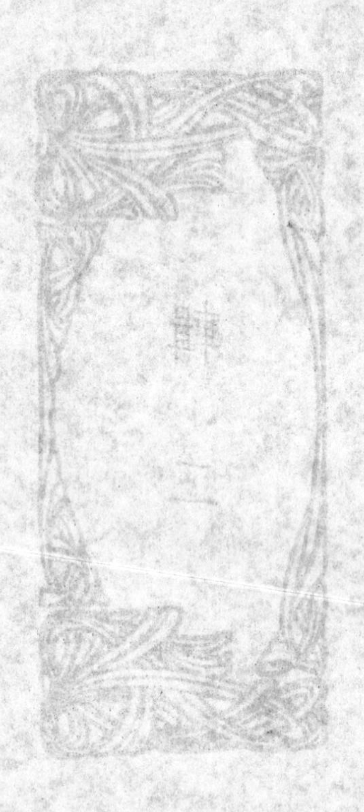

張愛玲・賴雅・布萊希特

張愛玲是在一九五五年秋天乘「克利夫蘭總統號」離港赴美的。抵美後曾在紐約小住，並拜訪過胡適。

一九五六年，張愛玲得到 Edward MacDowell Colony 的寫作獎金，在二月間搬去 Colony 所在的 New Hampshire 州 Peterborough。這個寫作基金會主要是爲作家提供一個安靜舒適的環境，讓作家在生活無憂的情況下完成作品。這個特爲作家創作僻靜的莊園，至今仍在，數十年來孕育了不少美國作家的作品。張愛玲當時得到的是爲期兩年的獎金，呈報的寫作計畫是一部長篇小說。

當時也住在這裏的有一位美國作家賴雅（Ferdinand Reyher）。張愛玲和他認識後約半年，就在同年八月於紐約結婚。張愛玲是一九二〇年九月三十日出生於上海，與賴雅結合時三十六歲。賴雅於一八九一年出生於 Philadelphia，再結婚時已經六十多歲。

早在一九一四年，父母均爲德國移民的賴雅，就有一部戲劇入選 MacDowell Colony 的戲劇節，同年夏天獲哈佛大學文藝碩士學位，隨後曾在麻省理工學院任教。賴雅在一九一七年曾以一夜功夫完成一則短篇，並獲當時頗有聲望的《星期六晚郵》雜誌刊登，同年七月與當時美國著名女權運動家 Rebecca Hourwich 結婚。在二〇年代，賴雅除不斷爲各大知名雜誌撰稿外，更經常往返大西洋兩岸，結交不少今日已成大師的文友，例如龐德、喬哀思、福特、康拉德等。一九二七年客寓柏林時，賴雅初會布萊希特（Bertolt Brecht），自此成爲莫逆之交。

一九三一年八月，賴雅的朋友電影導演約翰•休斯頓（John Huston）拉他去好萊塢寫劇本。結果賴雅在南加州一住十二年，到一九四三年才離開。賴雅啟程時，一九三〇年獲諾貝爾文學獎的老友辛克萊•劉易士（Sinclair Lewis），預言他會一夜成名。然而，這個預言不幸落空。儘管與賴雅合作的製片人和導演無不讚揚其才氣，但好萊塢的高薪（每週起碼五百美元薪水）和逸樂，中斷了賴雅的文學生涯，更埋沒了他的創作才華。

弔詭的是，三〇年代的好萊塢也是左翼思潮的大本營，大概在三〇年代中葉，賴雅成爲馬克思主義的信徒；但照現有紀錄來看，他並沒有加入美國共產黨，而只是親密的同路人。

三〇年代的賴雅，在美國的知名度比布萊希特大得多，也因此才能大力在美推薦布萊希特的劇作。一九四一年布萊希特舉家避難美國時，賴雅曾資助旅費。布萊希特旅居美國時（一九四一至四七年），賴雅是少數幾位經常往來的美國朋友，與布萊希特一家人都很熟悉。賴雅更與布萊希特合寫兩個電影故事，協助布萊希特好幾部戲劇的修改和演出，又是《伽利略傳》的主要英譯者（雖然此事今日鮮爲人知）。在布萊希特離開美國後，是他所有作品的正式代理人。布萊希特後來成立著名的「柏林劇團」時，賴雅是唯一被正式邀請赴德成爲永久團員的美國人。兩人關係之密切，一九三〇年初德國劇團一宗「疑案」很有概括性。一九二九年十二月三十一日，通過布萊希特的安排，賴雅的一部戲在柏林極有地位的劇場首演。當時的劇評人及報界竟都認定賴雅其實是布萊希特的筆名。

布萊希特的避難美國，似乎加强了賴雅對馬列主義和蘇聯的信仰。四〇年代初，由於反法西斯戰爭，好萊塢拍攝了一些正面描繪蘇聯社會的電影，一九四二年的《斯大林格勒的好男兒》即賴雅手筆。布萊希特來美後，曾與賴雅熱烈討論將每日的新聞大事搬上舞臺的可能性，當時二人心目中的形式主要是三〇年代風行的「活動報紙劇場」(The Living Newspaper)；這種流動演出，基於省略布景道具的經濟及時空轉換的利便，曾向梅蘭芳一九三〇年頗爲轟動的訪美演出借鑒。布萊希特則是在一九三五年訪問紐約時，在左派電影導演紐瑟夫・盧西(Joseph Losey)引領下，初睹這個劇場形式。可惜兩位劇作家的討論始終沒有實現。

一九五六年布萊希特在德國去世。同年賴雅與張愛玲結合。賴雅性情外向，活動力强，朋友極多，喜好熱鬧；從生平行事來看，是「疏財仗義」一類的人物。張愛玲雖然很信任少數幾位老朋友，但從有限的資料來看，卻頗爲內向，不愛見客，朋友不多，喜歡獨處。張愛玲一九六九年到柏克萊加州大學中國研究中心任職時，陳世驤教授尚主持中心，張愛玲日間極少出現，工作都在公寓；上班的話，也是夜晚才到辦公室。一九七一年間，任教哈佛大學的詹姆士・萊恩(James Lyon)教授，爲了探討布萊希特的生平事蹟，通過賴雅前妻的女兒，追蹤至柏克萊，在初次求見不遂後，終於要在夜間靜待張愛玲的出現。雖然見面後張愛玲頗爲親切，但不少查詢仍以書信進行，其雅好孤獨，可見一斑。

此外，在政治上，賴雅和張愛玲也是「南轅北轍」。賴雅是三、四〇年代的知名左翼文人，連斯大林清洗蘇共元老的莫斯科大審及西方傳聞甚久的血腥統治，都曾經一度設法去辯解和容忍。後來雖然對蘇聯極爲幻滅，但其左翼「理想主義」心態則一直保持；西方大衆傳播媒介對蘇聯和中國大陸的種種報導，他一方面仍抱著存疑心態，另一方面則是不忍面對，只好採取拒讀拒聞的法子。一九七一年二月萊恩教授口頭訪問張愛玲時，她就提及一九六六年大陸爆發「文革」時，《新聞周刊》上有專文報導，她讓賴雅看，賴雅認爲一定是「反面」的，便拒絕了。萊恩教授認爲賴雅這種心態，和布萊希特每聽到蘇聯的「陰暗面」都很痛苦的情況，相當接近。在大陸變色後，張愛玲以梁京筆名在上海《亦報》連載的長篇《十八春》和中篇《小艾》，雖都在結尾時言不由衷，添加一些「護航」文字，但這是時勢使然。張愛玲到底是《秧歌》和《赤地之戀》的作者。因此，這兩位性格迥異、立場不同、年齡也頗有差距的作家，竟能在不到半年的交往而結合，恐怕不得不歸結於緣分。

賴雅和張愛玲結婚後，曾大力向她介紹布萊希特，從他的戲劇和思想，一直到日常衣著，無所不包。婚後他們曾先後在三藩市和華盛頓觀看《三便士歌劇》的演出；由於布萊希特的名劇《四川賢婦》是中國背景，另一部《高加索灰闌記》則取材自《灰闌記》，賴雅更是大力推薦。張愛玲在給萊恩教授的一封信，特別欣賞看過兩次的《三便士歌劇》。但從後來張愛玲爲香港電懋影業公司所編的電影劇本來看（例如《情場如戰場》），布萊希特可說完全沒有影響；她的編劇路線還是一九四七年《不了情》、《太太萬歲》的延伸。從《太太萬歲》到《情場如戰場》，張愛玲的喜劇，始終都以詼諧的對話和滑稽的情境，剖析男女關係的社會基礎，透視門第名利的世俗觀念。如果說有什麼外來影響，倒是賴雅特別熟悉的好萊塢三〇年代的「愛情諧鬧喜劇」，例如一九三八年的《獵豹奇譚》（*Bringing up Baby*）和一九四〇年的《費城故事》（*The Philadelphia Story*）（兩片均由凱薩琳•赫本和嘉利•格蘭主演）。

賴雅和張愛玲結婚時，健康已大不如前，但仍寫作不輟；直至六〇年代初期才放棄。在一九六一年，張愛玲爲了搜集寫作材料，自美飛臺轉港。這是張愛玲唯一的臺灣行，後來寫入英文散文，題目是〈重回前方〉（A Return to the Frontier），在一九六三年三月二十八日的《記者》雜誌（*The Reporter*）刊出（同期的重頭文章是季辛吉對核武與美蘇關係的深入分析）。十一月到港後，替電懋影業公司趕寫了兩個劇本，其中之一是一九六一年極爲賣座的《南北和》續集《南北一家親》（一九六二年十月上映，王天林導演，雷震和白露明主演）。這部片子較有當時香港社會南北共處的時代色彩，但重點仍是愛情喜劇。其後一九六三年十月二日首映的《小兒女》（王天林導演，雷震和尤敏主演）；一九六四年七月首映的《一曲難忘》（鍾敬文導演，張揚和葉楓主演），同年九月首映的《南北喜相逢》（王天林導演，雷震和白露明主演），編劇都是張愛玲掛名，但最後一部劇本則是在美完成。這幾個劇本中，以《小兒女》成績較佳；《一曲難忘》則有點老套。這些劇本的寫作，可能和當時賴雅體弱多病，手頭拮据有關。及至六〇年代中葉，賴雅已經半身癱瘓，對張愛玲的生活和精神都是相當沉重的負擔。賴雅在一九六七年以七十六高齡去世。

在五〇年代的冷戰氣氛中，賴雅逐漸成爲被冷落的人物。三十多年後的今天，除了專研布萊希特生平及戲劇活動的極少數專家，賴雅的名字確實是被完全遺忘了。不過，在唯一探討賴雅與布萊希特文字因緣的德國文學專家萊恩教授眼中，賴雅的一些短篇，長篇小說《我聽到他們歌唱》(*I Heard Them Sing*)，和戲劇《以色列城堡》(*Castle Israel*)，都是相當傑出的作品。而他一生與美國文學界、戲劇界、電影界和德國劇壇的關係，更是多彩多姿。至於他晚年與張愛玲的姻緣，或許可說是亂世裏的另一段傳奇罷。

附識：本文主要參引資料如下：㈠James Lyon, *Bertolt Brecht's American Cicerone* (Bonn: Bouvier, 1978)。㈡James Lyon, *Bertolt Brecht in America* (Princeton: Princeton Univ. Press, 1980)。㈢林以亮，〈私語張愛玲〉，收入《昨日今日》(臺北：皇冠，一九八一年)。㈣萊恩教授與張愛玲通信檔案。㈤萊恩教授一九七一年二月訪問張愛玲筆錄。㈥本文作者一九八六年六月十二日訪問萊恩教授記錄。

此外，本文作者謹向萊恩教授大力而無私的協助致謝，沒有萊恩教授的支援，本文是不可能完成的。

後記

一九八八年五月出版的美國映象研究刊物*Afterimage*第十五卷第十期，攝影史學者Barbara L. Michaels發表題爲Behind the Scenes of Photographic History: Reyher, Newhall and Atget的專論，認爲賴雅在攝影史和攝影批評上，都不該默默無聞，而應有其歷史位置。這篇文章對賴雅的貢獻（尤其是幕後工作和今日難得一見的史料），有相當詳細的述評。

賴雅自四〇年代中葉至五〇年代末，斷續進行一部以攝影家Eugene Atget爲模特兒的長篇歷史小說，還計畫另撰一部專論。這兩個計劃都没有完成。根據賴雅表親Ernst Halberstadt（一九八七年去世）的回憶，這部小說稿在賴雅中風後，搬運行李時遺失。但賴雅的女兒Mrs. Faith Reyher Jackson兩次接受訪問時（見專論註十六），一再强調這部小說稿和另一份稿子，都在張愛玲手上，雖然張女士曾向賴雅女兒否認此事。由於張女士没有回答任何書面查詢，加上這位女學者對張愛玲的生平完全不熟悉，賴雅女兒在八七年六月及八八年一月的「指控」，也就「片面成立」。但祇要稍微瞭解張愛玲原來處理自己稿件的情況，就應該明白這個「指控」，實在是憑空臆想。由於這篇專論相當重要，又涉及張愛玲，也就在付梓前補記一筆。

正文一九八七年發表

張愛玲與《二十世紀》

一九四一年十月，英文月刊《二十世紀》(*The XXth Century*)在上海創刊。在單張另印、夾在雜誌內的發行詞，主編克勞斯•梅涅特(Klaus Mehnert)以〈爲什麼出版一本新雜誌〉爲題，向讀者提出四個理由。第一個是國際新形勢；由於歐戰爆發，海禁及戰火中斷歐洲書刊的出版和發行，而太平洋地區種族及文化之殊異多元，使得讀者視野廣闊及心靈開放，有利於出版新雜誌來填補真空。換言之，這本刊物心目中的讀者是滯留亞洲的外籍人士；上海的外國租界更是重點。第二個理由是上海在當時已成爲最後一個國際性的都市；梅涅特認爲，上海的特殊政治形勢，容許交戰國的公民、政治立場迴異的小團體，都能「和平共存」，而資訊之流通，有利於較爲全面和客觀的分析。第三個原因則相當實際；由於歐戰爆發，不少旅居上海的外國記者、作家、攝影師都陸續「失業」，因此一時人才濟濟，不乏辦刊物的人手；創刊號的作者就來自八個國家。第四個理由則是有人願意負起編印刊物的繁瑣工作；這個人就是梅涅特自己。

梅涅特一九〇六年出生於莫斯科，父母均爲德國人。一九二八年獲柏林大學博士學位（舊制）後，曾多次訪蘇，並在莫斯科擔任駐蘇記者。一九三七至四一年間，先後在柏克萊加州大學及夏威夷大學歷史系任教。一九四一年自美經日抵達上海。梅涅特認爲他的背景（足跡遍及全歐及美國）及語言能力有助於創辦一份國際性的刊物。

《二十世紀》走綜合性刊物的路線，既有各類報導文章，也有旅遊風光，書評和影評等。但世界大戰到底是人人關心的大事，幾乎每期都有重點報導分析。不過，隨著日軍勢力的擴張，及戰爭形式的轉變，自一九四三年起，也不時發表一些法西斯頭目的文字。

一九四三年一月出版的《二十世紀》第四卷第一期，是張愛玲首次登場，用英文發表 Chinese Life and Fashions 一文，直譯是〈中國人的生活和時裝〉。此文長八頁，近萬字，且附張愛玲所繪十二幅髮型及服飾插圖。張愛玲撰寫這篇英文散文時才二十二歲（應是一九四二年所作），從未出洋，但文字流暢雅麗，略帶一點維多利亞末期文風。梅涅特譽之爲「極有前途的青年天才」。這篇英文文章一九四三年十二月改用〈更衣記〉的題目刊於上海《古今》半月刊第三十四期（朱樸主編）。從時間上推算，應是先寫英文後寫中文。但就像張愛玲後來所有用中英文互譯的小說作品，這個初步嘗試也看不出翻譯的痕跡，只能說是中文的再創作。

《二十世紀》一九四三年六月第四卷第六期上，張愛玲又用英文發表 Still Alive，直譯是〈還活著〉，文長七頁，結尾時也有插圖一幀，但未說明是否張氏親筆。這篇文章的中文本即〈洋人看京戲及其他〉，同年十一月刊於《古今》半月刊第三十三期。在英文本前面，梅涅特以「編按」指出，一月份的張文「備受讚賞」，而張愛玲「與她不少中國同胞差異之處，在於她從不將中國的事物視爲理所當然；正由於她對自己的民族有深邃的好奇，使她有能力向外國人詮釋中國人。」

一九四三年十二月《二十世紀》第五卷第六期上，張愛玲發表在該刊的最後一篇英文散文，題目是 Demons and Fairies，直譯是〈妖魔神仙〉，文長九頁，沒有插圖。文前也有梅涅特的「編按」：「作者充滿遐思奇想的三界漫遊中，無意解答宗教的或倫理的詰疑。但她以其獨有的趣致方式，成功地向我們解說中國民衆的好些心態。」這篇文章的中文本就是〈中國人的宗教〉，一九四四年八月和九月連載於上海《天地》月刊第十一及第十二期。

這三篇散文之外，張愛玲自一九四三年五月起，也爲《二十世紀》撰寫影評。五月份（四卷五期）評《梅娘曲》和《桃李爭春》，以〈妻子•狐狸精•孩子〉爲總題，中文本變成散文〈借銀燈〉。六月份（四卷六期）評《萬世流芳》，英文題目是 The Opium War，即「鴉片戰爭」。日帝侵華及屠殺百姓之餘，偶亦談談意識形態問題，做些皮相宣傳，爲其「進出」立論；其中推銷較廣的即是日本的侵略，代表亞洲人的「奮起」，驅逐英美等西洋帝國主義的勢力。以林則徐及鴉片戰爭爲題材的《萬世流芳》，就是在這種「推理」下，由日帝促成「中華」、「中聯」、「滿映」三家淪陷區製片公司「提攜合作」。

七月份（五卷一期）的影評沒有題目，評的是《秋之歌》和《浮雲掩月》。八月和九月合刊（五卷第二期及第三期）的影評，總題〈婆媳之間〉（Mothers and Daughters-in-law），共評《自由魂》、《兩代女性》、《母親》等三部片子。十月份（五卷四期）的影評沒有總題，可能是《萬紫千紅》和《回春曲》兩部片子的性質太不相同。《萬紫千紅》由李麗華、嚴俊、王丹鳳領銜演出，但主要的「噱頭」似是日本寶塚歌舞團，是真正的「提攜合作」。《回春曲》則由劉瓊自編、自導、自演。十一月份（五卷五期）的影評題爲〈中國的家庭教育〉(China Educating the Family)，配合內容來看，是個反諷的題目。兩部片子分別是《新生》（黃河和王丹鳳合演）和《漁家女》（周璇和顧也魯主演）。這篇影評的中文本則是散文〈銀宮就學記〉，也是張愛玲在《二十世紀》最後一篇電影文字。一九四三年之後也就再沒有爲這個刊物撰稿。

張愛玲的影評雖然也觸及編、導、演三方面的問題，但今日看來，最出色的大概不是她對電影製作的月旦褒貶，而是這些文字中特有的「張看」——對中國社會人情事故的洞察。張愛玲的觀影，無疑也爲一九四七年桑弧導演的《不了情》及《太太萬歲》兩部電影的編劇，多少奠下基礎。

太平洋戰爭爆發後，日寇在一九四一年十二月進入上海租界；原來的「孤島」文化界及電影界，完全落入法西斯統治。一九四二年四月將十二家電影公司合併成所謂「中聯」，到翌年四月底，共拍了約五十部影片。一九四三年五月再作進一步「合併」，成立所謂「華影」，至一九四五年八月日寇敗降時，拍攝約八十部劇情片，這些片子雖自有其特殊歷史意義，但可能爲了避免引起不必要的尷尬，連厚達一千二百頁的《中國電影發展史》（程季華擔任編輯工作），也僅以數頁帶過，片目更付諸闕如。因此，張愛玲在《二十世紀》上所寫的這些影評，對於這段時期的中國電影史的研究，也很有參考價值。

一九四五年五月歐戰的結束，使《二十世紀》在六月（八卷六期）宣布停刊。停刊和創刊的理由都很接近，創刊原是要爲散居東亞的外籍人士提供消息，終戰後自然無此需要。在編者的卷首文章〈歐戰之終結〉，梅涅特對德國之國土淪落，頗爲「哀痛」；但預言戰後必有兩大陣營之對壘，期盼德國能專志重建，避免捲入一場新鬥爭。他又指出，第一次世界大戰後，歐洲的重建排斥了德國，是個歷史的錯誤，因此他希望戰後的復原，能夠是歐洲合作的新開始。

戰後回國的梅涅特，仍以編輯、寫作和新聞工作爲主，曾兩度擔任《德國年鑑》的主編。六〇年代則專門研究蘇聯共產主義及其國際影響，先後用德文出版《北京與莫斯科》（一九六二年）、《晚近蘇聯文學中的人道主義？》（一九六三年）、《北京與新左翼》

（一九六九年）、《莫斯科與新左翼》（一九七三年）。但他最爲西方文化界熟悉的，則是一九七一年的《重返中國》。一九七一年大陸和美國乒乓外交之前不久，梅涅特在施漢諾親王的協助下，獲准訪問「文革」中的大陸，一個月裏跑了三千多哩，訪問了十四省。這本書便是此行記錄。基本上限於所見所聞，個人分析的比重較低，但對當時的「造神」運動、羣衆「運動」，及知識分子下放「幹校」，都頗有保留；並認爲這種知識分子政策如果堅持下去，大陸斷然不會成爲主要工業力量。由於此書的出版適逢「中國熱」之開始，一九七二年同時在大西洋兩岸出版英譯本，成爲當時重要的大陸「參考」資料。

但梅涅特訪問大陸之前，曾在一九六八年擔任柏克萊加州大學客座教授，《北京與新左翼》的英文本更由陳世驤教授主持的中國研究中心在一九六九年刊行。張愛玲也是在一九六九年去中心擔任研究員（一九七三年才遷居洛杉磯）。二人曾否見面，資料上無從查考。但即或重逢，大概也就是張愛玲《燼餘錄》的結尾那樣：「時代的車轟轟地往前開。我們坐在車上，經過的也許不過是幾條熟悉的街衢，可是在漫天的火光中也自驚心動魄。」

附記：本文有關梅涅特資料採自其德文自傳《走遍天涯的一個德國人》(*Ein Deutscher in der Welt*; Stuttgart, 1981)。文中提及的影評，可參看《聯合文學》一九八七年三月份第二十九期筆者主持的張愛玲專輯，另有相關回應見該刊四月份第三十期，二一二頁至二二六頁。

一九八七年

張愛玲的《太太萬歲》

張愛玲在一九四七年曾和電影導演桑弧兩度合作，由上海文華公司出資，攝製《不了情》和《太太萬歲》兩部片子。《不了情》是張愛玲的第一部電影劇本，後來又據劇本改寫成中篇《多少恨》。小說三十年後出土，曾在〈聯合副刊〉發表，再收入一九八三年的《惘然記》。

《太太萬歲》迥異於《不了情》，似乎較接近一九五六年攝製的《情場如戰場》（林黛和陳厚主演），都是「愛情喜劇」；而且部分橋段近乎三〇年代好萊塢的「screwball comedy」，也就是對中產（或大富）人家的家庭糾紛或感情轇轕，不加粉飾，以略微超脫的態度，嘲弄剖析。情節的偶然巧合和對話的詼諧機智，在這類作品裏，也是不可或缺的要素。

但張愛玲的《太太萬歲》其實志不在此。這從她的〈太太萬歲題記〉一文可以看出來（原刊一九四七年十二月三日上海《大公報》洪深主編的「戲劇與電影」版）。但票房不得不考慮，好萊塢這種類型電影的模式也就不得不略作參詳；於是我們看到《太太萬歲》前半的一些偶遇和逗笑，某些情節發展的突兀和跳躍。然而，在「借鑒」好萊塢之餘（是否「借鑒」在藝術創作上原難落實），《太太萬歲》也摻雜一些三〇年代中國電影常見的題旨，例如婆媳摩擦、親友勢利、見異思遷等。

但《太太萬歲》後半部的發展，其實相當弔詭。因爲整個情節及結局基本上是「男權／父權」（patriarchy）的瓦解。交際花施咪咪無疑是東西文化傳統裏常見的「紅顏禍水」（femme fatale）。但陳思珍這位「賢妻」所代表的「女權／母權」（matriarchy），臨危受命，挺身而出，化解危機，寖寖然取代了丈夫唐志遠的「男權／父權」。其實，甚至唐志遠母親的家庭權威，也未嘗不可視爲「男權／父權」的另一種替代。因此，不管是「賢妻」或「蕩婦」，這部電影的女性都是主動和站在支配位置的。相形之下，所有的男性（丈夫唐志遠、思珍弟弟陳思瑞和陳氏姐弟的父親）都是被女性操控支配的角色，顯得傳統的「男權／父權」軟弱不彰。此外，丈夫唐志遠和陳氏姐弟的父親甚至無能和糊塗，使得幾位女角顯得特別獨立（連唐志遠的妹妹志琴也相當有主見）。但當然，這種「女權／母權」的自主意識自始至終還是在「男權／父權」的表面殘存的籠罩下。

《太太萬歲》以一九四七年的製作而論，是當年的重要作品。除了桑弧和張愛玲的合作，演員也是一時之選。石揮飾演陳氏姐弟的父親，以老生出現。韓非任配角，演少奶奶陳思珍的弟弟思瑞。交際花施咪咪由上官雲珠擔任，不作第二人選。蔣天流出演少奶奶陳思珍，也銖兩悉稱。

❖

一九八七年

張愛玲與《哀樂中年》

抗戰期間，張愛玲在上海的英文刊物《二十世紀》上發表英文影評。張愛玲一九二〇年九月三十日出生於上海，用英文寫影評時是二十三歲，雖從未出洋，但文字典雅華麗，帶點維多利亞末期文風。當時主編這份英文刊物的德國人海涅特(Klaus Mehnert)博士譽之爲「極有前途的青年天才」。

抗戰勝利後，張愛玲替導演桑弧編寫電影劇本《不了情》和《太太萬歲》，都由上海文華影業公司製作。一九四九年上片的《哀樂中年》，也是文華出品，但編劇和導演都由桑弧掛名。一九八三年筆者任教香港中文大學時，翻譯中心主任、文壇前輩林以亮先生在一次長談中透露，《哀樂中年》的劇本雖是桑弧的構思，卻由張愛玲執筆。張女士一九九

○年年初回覆〈聯合副刊〉編者查詢時，表示此片「是桑弧一直想拍的，雖然由我編寫，究竟隔了一層」（轉引自〈聯副〉編者給筆者的信）。張女士雖然追憶說題材稍「隔」，但這個答覆證實林以亮先生的說法。至於影片上何以沒有掛名，甚至出書時也由桑弧導演單獨掛名，大概就和張愛玲發表文章時曾經隱遁在一些筆名中一樣，另有個人原因。

《哀樂中年》的劇本由上海潮鋒出版社刊印，列為「文學者叢刊」之七，出版日期是一九四九年二月。桑弧有一則「後記」，最後一段說：「我敢貿然把這麼一個『毛坯』交給書店排印，是由於一位朋友的熱心鼓勵。」此處所指，也許就是張愛玲女士？劇本出版時，片子尚未攝製完成，但現在拿劇本和電影比對，無甚差異。

一九八七年三月份的《聯合文學》月刊是張愛玲專輯，首次發表張愛玲一九六三年撰寫的電影劇本《小兒女》（電懋影業公司出品，王天林導演，雷震和尤敏主演）。拿此片與《哀樂中年》比較，題材方面十分相似，都是中年男子續弦的感情問題，和後母與兒女的困難關係。如果張愛玲的劇本是自編自導，單以題旨的變奏出現，就一定符合美國電影學者安德魯•沙利思（Andrew Sarris）至今仍辯解不休的「作者論」（auteur theory）。這個題旨的類近，亦可視為張著的內證。但張愛玲雖認為「隔了一層」，大陸出版的《中國電影發展史》（程季華主編）則將《不了情》、《太太萬歲》和《哀樂中年》三片合併評價：「這三部影片由於編導者熟悉這類人物的生活，也比較熟悉電影技巧，從而善於通過技巧來渲染這種人物的心理，但這除了加强影片的消極效果以外，不能有什麼積極的意義。」這個反面觀點是「文革」前的「正統」説法，不足爲奇。但反面之餘，仍有間接肯定，在當時來説，也不容易。另一方面，這個提法也許和桑弧在一九四九年後曾經導演魯迅原著的《祝福》而普獲好評有關。桑弧也是四九年後大陸第一部彩色戲曲電影《梁山伯與祝英台》的導演，在戲曲的虛和電影的實之間的平衡結合，頗有突破，曾在第九屆愛丁堡國際電影節獲獎（此片後來成爲黃梅調港版的改編底本）。

　　現在回顧，《太太萬歲》和《哀樂中年》是體裁迥異的片子（《不了情》的劇本和片子均未曾見）。《太太萬歲》以詼諧對話和滑稽情境，剖析男女關係的社會基礎，透視門第名利的世俗觀念。五、六〇年代的名作《情場如戰場》和《南北一家親》等，堪稱一脈相承，而更爲淋漓盡致。從這幾部片子的成績來看，張愛玲肯定是美國三、四〇年代光芒眩目的「愛情諧鬧喜劇」（又譯「浪漫神經喜劇」）（romantic screwball comedy）這個片種的中國傳人。但這個片種的手法及其中產世界的關懷，大概和五四以來啟蒙、救亡和革命等論調，頗有扞格，因此一直未能有所發展。然而，即使在《哀樂中年》，有幾個場面的特別成功，還是得力於輕鬆逗趣的表現手法。今日重新整理中國電影史的學者，似乎有必要重估張愛玲在這方面的貢獻。

❖

一九九〇年

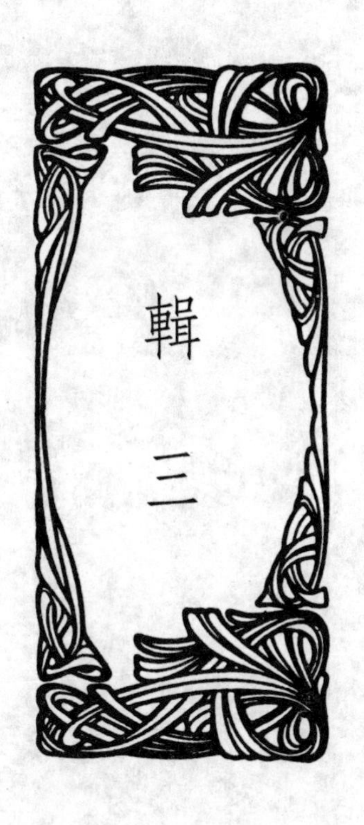

輯三

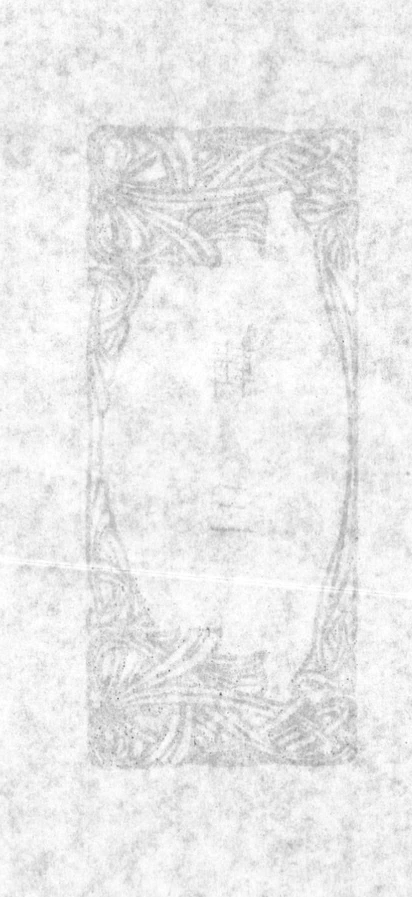

讀西西短篇小說隨想

在西西近三十年的小說創作，變化瑰奇一直是顯著的特色。當代小說各種「次類型」體裁，西西都曾嘗試和探索。從傳統現實主義的臨摹寫真，到後設小說的戳破幻象；自魔幻現實主義的虛實雜陳，至歷史神話的重新詮釋，西西的小說始終堅守前衛的第一線。但西西不斷變遷的體裁，向不是機械的移植和生硬的倣作，因此有時雖可窺見其神思之源，但絕無斧鑿之痕。在敘述觀點方面，西西小說在第一人稱的自我審思（戲劇獨白或內在敘述），及第三人稱的內心呈現（敘述者直接引述的獨白或間接描述的角色心理），也是長期以來極見功力的試驗。如果自西方十九世紀小說敘述模式轉移過來的現實主義框架，從五四以來已成爲絕大多數小說家的依歸，甚至已逐漸制約爲作者與讀者之間的「契約」，那麼西西的小說大概可以視爲「反主流」和「反體制」的。即或在與現實主義約合符節的一些作品，其語調、文字、或敍述觀點與內容的扞格，都有瓦解表面模式的潛在傾向。假若要作個類比，西西這類小說與現實主義的關係，大略近於楚浮《射殺鋼琴師》（法國「新浪潮」電影名作）之與好萊塢黑幫歹徒類型片，是貌似而心異。

英美文評界討論小說人物，一度經常借重小說家霍思特「平扁」相對「圓形」的二分法。這個提法，大體上建基於十九世紀現實主義的範典。六〇年代以來，法國「反小說」的新小說，拉丁美洲的魔幻現實主義，部分德國小說家「寓言式」的極短篇，都以繽紛歧異的實踐，動搖這個簡單的見解。此外，所謂「通俗」次類型作品（如科幻小說及偵探小說），往往又在不少傑出作家手上脫胎換骨，成爲狀若「通俗」實則「嚴肅」的新結合。這種「舊瓶新酒」的嘗試，大多別有懷抱，另有企圖。透過傳統現實主義的人物塑造來分析題旨、道德觀及世界觀的評論手法，不論在前衛實驗或類型翻新的作品，實已枘鑿方圓。因爲小說的人物已面貌模糊、不可辨識（如法國新小說的霍布格利葉），或祇剩下吉光片羽的內在意識（如兩位諾貝爾文學獎得主貝克特和西蒙）。在這些作品裏，設計構思特別顯著，表現手段尤爲突出。這種遊戲規則的改變，意味著舊日批評範典的霸權衰落。同樣，在西西的一些小說裏，有些人物僅代表某種「意念」，有時甚至沒有傳統認識裏的人物。因此，論者必須改變舊日的策略，而不是以「小說不能這樣寫」來否定（這個反應在臺北《聯合報》一九八八年十二月的小說獎評審會議尚有出現）。

西西的一些小說在選擇素材上，由於不落俗套，時有論者津津樂道，特爲推崇。盱衡大多數當代臺港小說，傳統現實主義的成規範典還是生產意義及溝通讀者的策略和契約。因此，追求讀者認同及情感投入的幻覺主義仍爲圭臬。人物塑造和情節鋪陳方面，也還執著於文字世界與外在現實的等同。在創作素材的選擇上，當前社會風貌和人情世故自然成爲焦點。從這個觀點來看，肯定西西小說在選材上別樹一幟不無道理，但卻很可能忽略西西小說創作最鍥而不捨的追求：講故事的方式。這一點在西西早期的短篇小說尤爲明顯。在這些短篇裏，每一則的題材及取材範疇都不同，而呈現的手法更是絕無重複。這個特點亦見於目前已印成單行本的長篇小說（這些作品的寫作及出書時間往往頗有距離）。這些長篇在敍述方法上也彼此迥異，每個創作過程都是嶄新的探索。在這方面，西西的實踐與二〇年代蘇聯形式主義學派特重作品構成的創作及評論原則，可說是不謀而合。另一方面，西西不少作品都通過不同的安排，達致「開放式」結局，又與六〇年代以降歐洲不少前衛小說家（如布陀、弗里施及卡爾維諾等）的嘗試，異曲而同工。

西西的小說有時是歷史及神話的重新詮釋，但通常沒有內在解說或背景鋪陳，對讀者的要求往往就比較大。如果素材本身又有文化差距，則挑戰性更大。對一般讀者更爲困難的，是西西小說中與外國作家對話的企圖；例如將義大利小說大師卡爾維諾筆下一個著名角色的直接引進。這種作品之間的相互指涉和互爲衍生，由於涵蓋全篇，就殊異於一般的典故，因爲用典僅是局部的，往往祇有助於肌理的豐潤。這種寫法，類近「後現代」主義建築拼貼式直接移植古典造型，有賴欣賞者對「引文」的正確辨識，從而產生樂趣和理解。但反過來說，如果欠缺這方面的素養，欣賞者大概祇能囿限於浮泛的觀察，而對兩種殊異的傳統、美典和文化之間具體而微的互動，無法領會。但寫作貴在創新，作者的多樣嘗試，讀者會有什麼反應，原就不可預估。這種創作方式，既違反商品經濟的市場規律，又抗拒不少讀者（論者）的慣性反應，但其力謀突破革新，正是文學生命不會枯竭的保證。

一九九〇年

＊本文原爲洪範版《母魚》代序。

讀西西中篇小説隨想

八〇年代初以來，西西的小説在臺灣文壇備受矚目，短篇和長篇都先後結集及重刊；但西西的中篇小説因爲祇在香港發表，就一直都被忽略。以下的閱讀筆記，蕪雜又不成體系，但希望對喜歡西西小説的讀者，不致全無參考價值。

西西的第一個中篇是一九六六年的〈東城故事〉。這篇小説最顯著的大概是電影手法的運用。略異於傳統的起承轉合，這篇小説的敍述不時插入電影分鏡頭劇本的指示。對讀者而言，這些指示是另一種要求，因爲在想像力或意識重構故事發展時，傳統的文字思維還要加上視覺經驗，故事的可能性方得完成。整個中篇又切成八節，都用第一人稱的「我」來敍述。但這個「我」在八節裏並不統一，而是流轉的七個觀點，依次爲：㈠

馬利亞、(二)東尼、(三)阿倫、(四)馬克、(五)馬利亞、(六)貝貝(小狗)、(七)大哥、(八)西西。但說的是同一個人(馬利亞)的同一故事;既是同一故事的不同看法,又是同一故事通過不同觀點的逐步推展。和黑澤明的《羅生門》比較,做法又不盡相同。

〈東城故事〉這個整體和局部都相當「電影化」的嘗試,在西西三十多年的創作歷程,是頗為獨特的。或許這和西西六〇年代的「電影熱」有關。一九六三年秋到六四年春,西西在香港《中國學生周報》負責「電影與我」的專欄,其後改為不定期發稿。及至一九六六年,更以海蘭的筆名完成電影劇本《小婦人》,由原在粵語電影界頗負盛名的秦劍導演,拍成國語片,易名《黛綠年華》(邵氏製作;陳厚和胡燕妮主演)。一九六八年則寫成《窗》,由當時香港影評人比較欣賞的龍剛拍成粵語片(謝賢和蕭芳芳主演)。龍剛尚有一部《昨天・今天・明天》,最早的底本是西西的劇本《瘟疫》。寫好未拍的電影劇本還有《小孩與狗》和《瑪利亞》。從這段歷史來看,一九六六年直接以單行本面世的〈東城故事〉裏的電影手法,可視為西西「電影時期」的一面。

受美國形式主義的洗禮的批評者,對於援引作家生平資料來輔助作品解讀,一向不以為然。但如果完全排斥外緣資料,又似乎無法解釋〈東城故事〉在西西創作生涯中比較突然的出現。（當然，要更進一步的說明，還得追溯六〇年代中葉至七〇年代初香港文學菁英的電影熱潮。）而對信奉美國形式主義敍述學（如 Wayne Booth 和 Seymour Chatman 等之專著）的論者而言，〈東城故事〉開始時的作者現身，第一人稱的我明確地認同於西西，當然僅能視爲小說中的敍述面具，不可以和真正的作者混爲一談；因爲二者合一勢必打破作品的「自身俱足」、「客觀獨立」的美感客體。在九〇年代的初期，在經歷結構主義後各流派及文藝社會學的理論發展後，以「新批評」爲主的美國形式主義雖仍爲一家之言，但其自我封閉性也相當明顯。但另一方面，第一人稱的「我」不能認同於作者，也早成爲評論界的常識。然而，小說裏現身的「西西」與封面署名的西西之間的虛實轇轕，另成一種辯證張力，在認同與不認同之間，不斷挑逗讀者的興趣。此外，從今天相當多元的分析觀點來看，西西小說裏出現的「西西」，可能使某些讀者特別注意小說的創造本質，也就是小說虛構性的突顯；用蘇聯形式主義學派的說法，就是「前景化」；用「後設小說」研究者的講法，則是自我意識或自我省思較强的創作。任何詮釋都不免是作品的重構（有時甚至是「施暴」）；但詮釋的合理性則不見得完全沒有客觀準則，因爲作品的內在乘載是先天限制，而理論觀點也有「詮釋的循環」的困境。因此，西西筆下的「西西」可以有幾個不同的分析，但都不見得能竟全功，也許正因爲小說本身始終沒有完全貫徹其突顯虛構性的嘗試。

〈東城故事〉後的中篇是一九六九年的〈象是笨蛋〉。這篇作品的敍述模式可以形容爲現代「寓言」。相對於伊索以迄拉封登的傳統寓言，現代寓言是成人故事，主角也多是人類，而不是傳統寓言裏的動物。此外，傳統寓言的訓誨極爲明顯，現代寓言的意義則開放和分歧得多，即連相當接近傳統寓言的喬治•奧威爾的《動物莊園》，也是衆說紛紜。廣義的現代寓言可以涵蓋不少科幻小說。狹義的現代寓言則仍貌似現實主義，但其基礎往往無法在現實裏驗證。卡夫卡、卡內提和卡爾維諾都可劃入這個傳統，作品往往搖盪於可解與不可解、可能與不可能、可信與不可信的兩軸之間，擺動幅度也相當大。〈象是笨蛋〉的現實性較强，也較可驗證，不及西方現代寓言代表作那麼激烈。

但現代寓言（尤其是廣義的作品）裏，不少人物塑造仍然依循西方固有的現實主義傳統，講究面貌鮮明、行爲動機及內心情況的臨摹。在這方面，〈象是笨蛋〉則另闢蹊徑，走高度約化的路子。這篇小說的三個人物都面貌模糊，幾乎是符碼代表，更談不上心理刻劃。儘管故事的發展並不完全泯滅行爲動機，但這些行爲動機可是法國結構主義敍述學家（如巴特和托鐸洛夫）眼中的功能，是界定人物的標準，而不是真正傳統情節推展的動力。與人物的約化相輔相成的是語言的壓抑省略。這篇小説的語言刻意簡單，完全乏缺鋪陳，有些讀者可能會有未完成的綱要之感。但小説涉及的愛情和追尋兩大母題，又恰是傳統小説裏最常見的。而人物的約化和語言的省壓，則形成對傳統成規「諧擬」的效果。假如用晚近較流行的説法來形容，那就是通過成規的嘲弄顛覆，故意「解構」某些典範。

〈象是笨蛋〉也是典故洋溢的作品。這些典故自然在小説的內外同時構成覆疊的「意義互爲指涉的關係」，使到原來相當抽象的、構思爲主的小説趣味盎然。小説裏多次提及的卡夫卡、貝克特和荒誕劇，彼此固有關聯，對熟悉這些作家和作品的讀者，又可用來爲小説作箋註。其中特別有趣的是英國小説家約翰・浮爾思一九六三年的長篇《捕蝶人》（此地用臺灣中譯本名字）。這部心理震慄小説寫一個捕藏蝴蝶標本的年輕人，意外得到橫財之後，如何竭盡心力綁架和囚禁一位美貌女子。捕藏蝴蝶因此是一語雙關，同時也成爲涵蓋整部小説的比喻，將性慾、情愛、互賴、金錢和階級關係，透過這個二元對立又相互依傍的比喻（捕與被捕）共冶一爐。浮爾思憑此書一舉成名；一九六五年美國名導演威廉・韋勒將小說搬上銀幕，是韋勒晚年力作。電影約一年多後在香港上映，譯名《蝴蝶春夢》，也是〈象是笨蛋〉裏所用的名字。但前者是男捕女，後者卻是女追男──名爲黃蝴蝶的女主角不斷以各種形式監控男主角阿象；另一少女則以身體和生命綁困阿象。因此，《捕蝶人》（小說或電影）在文內的出現，就造成幾個詮釋上的可能性。讀者可以追究互爲指涉所產生的種種意義（例如生命與藝術的對立和依賴關係這個大題目）；又可以視爲一個作家對另一部藝術品的「致意」；還可以解作是圈內人或行家之間的會心「玩笑」。其他可作類似的多層解釋的尚有一堆現代畫家及代表作。總的來說，〈象是笨蛋〉的構思、人物、語言和典故，使之成爲極富遊戲性質的作品。

一九七三年的〈草圖〉在香港《快報》連載時，上距〈象是笨蛋〉已近五年，但居然還有一點浮泛的聯繫。小說裏的「我」提到泰倫斯・史丹的畫像被高達和胡士托音樂節（電影紀錄片一九七〇年推出）的海報取代。泰倫斯・史丹正是電影《捕蝶人》的男主角。但兩個中篇之間的關係僅止於此；因爲〈草圖〉的文筆和〈象是笨蛋〉完全相反，相當鋪陳、刻意和講究。喜歡從文體學來分析作品的論者應該會喜歡這篇小說，因爲語法變化繁富，這剛好和〈象是笨蛋〉之特意平板迴異。此外，〈象是笨蛋〉雖然努力約化故事，但故事梗概明顯，而〈草圖〉則欠缺我們一般認識中的故事情節，甚至連「綴段式」的結構也談不上，更不要說因果及伏筆之類。假若一定要找個結構，也許第一人稱敍述的「我」的法語課程進展，是通篇的外在框架。流動框架內的是敍述的「我」的觀察、意識、聯想和幻想。這種表面至爲隨意的架構，加上大量隨感式的片段，使到小說讀來像隨筆，散文的意趣大於情節的劇力，因此或可稱爲隨筆式小說。

由於情節不是重點，局部肌理就更爲突出。所謂局部肌理，泛指意象、用典和各種修辭手段；而局部肌理的彰顯，也很配合小說之强調「我」的心情、觀察的內在化和生活細節的聯想。聯想之外，尚有奇異的幻想：一個收舊貨的黑衣人可以將世界各樣事物納入軟圓的袋子。這個幻想或可有兩個讀法：一是視爲敍述的「我」的「真實」想像，彷如常人偶有白日夢或狂想。這個讀法保存小說的現實主義模式。二是將虛構幻想與虛構現實在小說虛構裏的結合當作一個等量齊觀、水乳交融的世界。這是博赫斯和葛塔薩曾苦心經營的模式，血緣上是超現實主義的姻親。但這又略異於卡彭鐵爾和加西亞•馬奎斯等的魔幻現實主義，因爲後者較重本土色彩和現實喻意。從西西發表的讀書札記來看，拉丁美洲小說這個一體兩面的傳統，應該是非常熟悉的。因此如要從這個角度來探討，似也未嘗不可。

《草圖》快結尾時說：「我也不該太醉心於安東尼奧尼，他的疏離感幾乎把我溺斃。你是知道的，我並不善泳。」安東尼奧尼的名字可能又將讀者帶回《東城故事》。後者提及安東尼奧尼時是技巧的、聯想的（例如「安東尼奧尼式的中鏡」），但《草圖》提及同一導演時，則是對生命和實存有感而發。安東尼奧尼的存在主義式疏離感以六〇年代初的「三部曲」《迷情》、《夜》和《蝕》最見功力。但安東尼奧尼在六〇年代這些極富創意的作品裏的重大貢獻，其實不是一個時代精神面貌的捕捉，而是傳統主流電影敍述模式的瓦解、電影媒體可塑性的探索、電影藝術領域的開拓。西西這三部「電影時期」的中篇小說，在敍述上的實驗和創新，亦可作如是觀。

❖

一九九一年

＊本文原爲洪範版《象是笨蛋》代序

文類的綜合

——西西的《哀悼乳房》

西西的《哀悼乳房》可以說是一部「混合文類的小說」，或「多文類傾向的小說」。如果認爲小說這個術語包袱太重或指涉過於特定，那不妨稱爲「綜合文類的敍述」，或是「多文類的綜合敍述體」。

《哀》書有很多醫學常識的介紹。有癌症的西方醫學的一般療法；有民間驗方；有中國傳統醫藥的方法；有「整體」(holistic)治療的看法；還有復健的介紹。就這個部分來看，不啻是一本認識和醫治惡性腫瘤的「小冊子」。

《哀》書也可以當作某種「勵志」讀物來看。癌症的可怕的一面書中不乏記錄描繪，患者的心理過程也著墨甚多，但在面對可能發生的最後的黑暗，全書也理智地突顯求生本能的搏鬥意義。或許有些讀者會說，這種和病魔搏鬥的激勵人心的記錄，西方不是很多嗎？但這類書籍中文就似乎很少見。而外國一些著名女性公共人物不幸患上乳癌，理解到這個病症對女性的身體及心理的殘害，也有在克服病魔後，以口述方式錄下個人的掙扎和療程，好讓其他不幸的患者能夠精神上「相濡以沫」。從這個角度看，《哀》書未嘗不是一部讓患者及非患者砥礪奮鬥、肯定生命的讀物。

《哀》書也可以是作者西西（張彥）的一段生命的自傳式記錄、一段痛苦經驗的憶述。美國華裔小說家湯婷婷(Maxine Hong Kingston)的《女鬥士》是以童年成長經驗爲主的作品，第一版時就是以「回憶」(memoir)或傳記文學來行銷的。和湯婷婷一樣，紐約著名小說家保羅•歐斯特(Paul Auster)在出版標明是小說的著作之前，第一部作品也是「自傳」或「回憶」。但湯婷婷的《女鬥士》到了今天，早就被當作一部「小說」來閱讀和討論。

《哀》書也可以從「小說」的角度來體會和分析。到底任何自我經驗的文字重構，無論如何痛苦和可怕，或是極爲快樂和甜美，都已經是一種「述說」，一個過濾的、有距離的、重行組織的過程和經歷。近十多年來西方文論界不時將「自傳」當作某種「小說類型」來討論，重點也正是兩者之間的一個共通點，就是經驗（真實的、想像的、兩者之間的）透過文字的敍述來組織成有機體。對小說家西西的讀者來說，《哀》書應是一部小說，而且在結構上還有很大的隨機性——讀者可以從頭看完、可以依照書中指示跳躍組合、可以自行選擇組合。換言之，這是一本結構上頗有創意的作品，因爲容許和突顯作品與讀者的互動。當小說來看，《哀》書是一個歷程、一段煉獄式的經歷。但如果小說的讀者曾經看過西西的其他小說，又或不難發現風格上的可能共通點，就是經驗呈現上異常冷靜的距離。也許不少小說讀者都知道作家西西與癌症搏鬥，閱讀時會有某種認同。但不知道這個事實的讀者、或知道而又不很清楚的讀者，則可以通過敍述者的引領，進入一個病變的世界，游走在虛實之間。

這是一部可以多重角度閱讀的作品。以上祇是一個角度。

◈

一九九二年

輯四

《黑暗傳》是不是漢族長篇史詩？

湖北省神農架近年因「野人」之謎而不時見報。神農架高峯「神農頂」聳立在長江和漢水之間，四周的「巴山老林」和「南山老林」早已開發；但神農架主峯地帶仍是原始林區。神農架西南坡原是巴楚文化的匯合點；由於長期隔絕，不少古舊的民俗仍有殘存，例如薅草鑼鼓和唱孝歌（又名喪鼓歌、待屍歌）。目前的居民是漢族，語言屬北方方言區，夾雜不少鄂、川方言詞彙和少量陝西方言詞彙（參看彭小明和鄔國平〈從神農架采風看我國情歌研究中的幾個問題〉，見一九八二年《民間文藝集刊》第三集）。

一九八三年，任職神農架文化局的胡崇峻與何伙在搜集民間歌謠時，無意間發現六十多歲的歌手張忠臣藏有一部三千多行的手抄唱本《黑暗傳》。這部手抄本是張忠臣於一九六三年轉抄自一名築路工人的抄藏本。這個唱本隨後選收入《神農架民間歌謠集》，引起一些學者的注意，和《人民日報》及《文匯報》的報導。

經過幾年的追蹤，胡、何二位搜集到更多的《黑暗傳》抄本，但原始本（據說是大部頭木刻本）則未曾發現，因此各種抄本之間的歧異，極難鑒定。兩位編者認爲，凡是以孝歌形式唱天地起源、洪水泡天、人類再造，以迄三皇五帝的唱詞，不論是長本或片斷，都可視爲《黑暗傳》的原始資料。剔除內容複疊的本子，這類原始資料（連歌頭）共有九份。神農架地帶的民間歌手，另有以孝歌形式演唱《綱鑒》的一派。《綱鑒》，又稱《史記綱鑒》、《評唱綱鑒》，歌手則稱爲「大綱鑒」或「大擺朝」，自伏羲和女媧起，唱至明代止，類似編年的歷朝演義歌本，顯然是民間認識歷史流變的通俗形式。這種本子較爲完整的有兩則，連同六則根據佛道經典改編的片斷唱詞，一共八份；兩位編者當作附屬資料，附錄在九份原始資料之後，以爲參考。這九份原始資料和八份附屬資料，一九八六年七月，以中國民間文藝研究會湖北分會名義編印，書名甚長：《漢族長篇創世紀史詩神農架《黑暗傳》多種版本匯編》。

出書之後，《文藝報》一九八六年九月二十六日第三十九期，以《漢族首部創世史詩

《黑暗傳》問世》爲題，發稿報導，並引述了神話學者袁珂和民間文學學者劉守華的發言，但都是較爲籠統空泛的讚美。《文藝報》的新聞稿，引起海外的注意，一些華文報紙都有摘錄和轉發，觸發海外學界的注意。

在《匯編》的序言中，兩位編者又提到，當地兩位老歌手張樹藝（八十三歲）和曹良坤（七十五歲），在六十多年前曾在老歌師處見過全本手抄的《黑暗傳》，後來學過幾段，也聽別的歌手唱過，内容與目前所唱的不盡相同。根據兩位老歌手的回憶，這本《黑暗傳》的内容大體如下：「我們只記得一開始就唱了三個混沌期。一般只唱一個『混沌初開』，就出盤古。這本《黑暗傳》唱了三個：第一個混沌是唱天地萌芽階段；第二個混沌是唱盤古出生到天地劈開；第三個混沌是唱洪水泡天。唱的是天地之初只是一團氣體，天地二氣不能化生，一直迷漫在一片黑暗之中。開始沒有水，光水的誕生都經過了不知多少年代的神人的努力，始終造不出水來。直到出現了一個叫『江沽』的神人才把水造了出來。『江沽造水』這個内容別的唱本裏沒有。有了水就有了生命的源泉。那時，天萌芽了，長出一顆露水珠，卻又被『浪蕩子』吞掉了，『浪蕩子』一吞下就死了，他的屍體分成五塊，才有了五形。從此地有了實體，有了海洋，出現了昆崙山吐血水，才誕生了盤古。盤古請來日月，開天闢地，最後他『垂死化身』，軀體化成了各種各樣的神。這時還沒有真正出現人類。這些神之間，互相爭奪，鬧得天昏地暗，直到洪水滔天。在洪水中，又出現了黃龍和黑龍搏鬥，來了一個叫昊天聖母的神，幫助黃龍打敗了黑龍，黃龍產蛋相謝。聖母吞下龍蛋有了孕，生下三個神人：一個主天，一個主地，一個主冥府。在洪水中，又來了五條龍，捧著大葫蘆在東海上漂流。昊天打開葫蘆，見裏面一對兄妹，勸他們成婚，才生下了各個創世的神。到這時才產生了有血肉的人類世界。」

目前《匯編》收集的《黑暗傳》原始資料，只有編號第七的《黑暗大盤頭》（即張忠臣藏抄本的主要部分）篇幅最長，其餘均爲斷簡殘篇，因此兩位老歌手的內容憶述，不但提供《黑暗傳》研究的另一線索，還填補了目前所見資料的空白。這個內容撮要幾個特色，值得神話學者注意。

首先，中國的水神甚多，形狀也不一，但似乎都沒有提到造水；所以江沽造水一點，相當獨特。可惜的是，造水過程因爲抄本殘缺，不很清楚。其次，天的起源是荷葉上的露珠，也是相當新鮮的說法。《楚辭•天問》就開天闢地而詰疑；《莊子•天運篇》裏的中央天帝是混沌；《淮南子》裏有陰陽二神「經天營地」，但這些古籍都沒有提到天的誕生。盤古開天闢地的傳說，是三國時徐整作《三五歷記》的創造（參看袁珂一九八四年《中國神話傳說》上册）。其三，地的實體來自屍體的五塊，其他少數民族的神話似也未見流傳。

至於洪水神話，古籍記述甚多。而洪水後葫蘆兄妹成婚，亂倫而爲人類始祖，則是中國漢族、苗族、彝族、傣族等二十多個民族共有的神話。（參看聞一多〈伏羲考〉，見一九四八年《聞一多全集》第一册；芮逸夫〈苗族的洪水故事與伏羲女媧的傳說〉，見一九七二年《中國民族及其文化論稿》；陳炳良〈廣西傜族洪水故事研究〉，見一九八五年《神話·禮儀·文學》。）

在《匯編》序言中，兩位編者引錄好幾位學者的評價。袁珂看到的是《黑暗大盤頭》，認爲資料「極爲珍貴」，是「漢族廣義神話史詩」。王松指出：「作爲廣義神話論，是一個好例證。但就目前所見到的唱本，是一種神話研究的好資料。」劉守華也肯定是「鄂西古神話的新發現」。王松和劉守華的意見，頗爲中肯，都點出《黑暗傳》對神話學和楚文化的研究價值。袁珂雖是著名神話學者，卻錯用「史詩」這個術語來形容《黑暗傳》，導致兩位編者在序言中前後矛盾，在書題上也明顯失誤。

史詩的觀念源自西方。現代學者一般都再區分爲「口頭史詩」和「文人史詩」。希臘的《伊利亞德》和《奧德賽》、英國的《貝奧武夫》都是口頭的集體創作。古羅馬詩人維吉爾受希臘史詩啓迪的《羅馬建國錄》，則爲「文人史詩」的代表作。英國學者鮑勒認爲，史詩一定要「長篇敍事」，且主角必須爲英雄豪傑，出生入死，轉戰沙場（參看鮑勒一九五二年所著 *Heroic Poetry*）。希臘的兩大口傳史詩固然如此，後來維吉爾刻意仿效的文人史詩，也若合符節。而口傳史詩，因需記憶吟唱，便要依賴「成語」（formula）和「套題」（composition by theme）。這個口頭創作的特色，是佩理與洛德（Milman Parry and Albert Lord）兩位學者在本世紀的重大發現。

就目前所見資料而言，《黑暗傳》的押韻和形式，是一般民歌所常有，而無涉於佩理與洛德的理論（楊牧曾以此理論詳析《毛詩》的「成語」創作，參看其一九七四年英文專著 *The Bell and the Drum*）。即使撇開史詩兩個迥然不同的創作方式，單就廣義的「英雄史詩」（可以憑題材包括兩種形式）而言，《黑暗傳》徒有神話，沒有英雄歷劫征戰，是不能稱爲「史詩」，而僅可視作長篇神話故事民歌。

本世紀以來，不少學者都曾援引西方長篇敍事英雄史詩的觀念來探索中國文學的傳統。除了胡適曾將一些敘事詩硬劃爲「史詩」（見一九二八年《白話文學史》），其他學者如王國維、朱光潛、錢鍾書、劉若愚等，都認爲中國文學沒有史詩。朱光潛更進一步，提出五個原因來解釋史詩之匱乏，其中一點是中西人生理想的歧異：「西方所崇拜的英雄：……一生全在困苦艱難中過活，打過無數的勝仗，殺過無數的猛獸，如果沒有他，全民族就要滅亡。中國儒家所崇拜的聖人如五帝三王……敬天愛民之外，不必別有所爲。聖人之中只有治水的夏禹頗似西方的英雄，但孔子稱讚他卻側重……『太平天子』的美德。」（見一九三四年《長篇詩在中國何以不發達》，現收入一九八二年洪範版《詩論新編》。）劉若愚則引述其老師鮑勒的見解，認爲中國傳統思想「拒斥不受拘束的個人主義和自負逞强的英雄精神」，但沒有深入發揮，而只提出《史記》的俠客和《水滸》的好漢，來代表中國的英雄傳統（見一九六二年英文本《中國詩學》，有杜國清中譯）。蘇其康的《中國文學有史詩嗎？》，也以儒家思想的影響來作中西比較（見一九七一年《中國文學新銓》）。然而，楊牧一九七五年的英語論文《論一種英雄主義》，雖然基本立場與朱光潛和蘇其康二位並不相悖，但結論迥異，且機杼別出，有「周文史詩」的創議。在他看來，中國仍有另一種史詩，「及由其所產生的現實觀，把中國詩人及史家導向理性及勝利的人生」（中文本見一九七九年的《文學知識》）。楊牧的突破，雖足證其於中西比較文學的卓識，但更爲落實中國文學本無西方英雄史詩的看法。

在《匯編》序言中，兩位編者一再以漢族「創世史詩」、「神話史詩」、「民間史詩」來稱呼《黑暗傳》，並認爲《黑暗傳》的發現，打破中國漢族沒有史詩的論點；並舉《格薩爾》、《瑪納斯》、《江格爾》三部少數民族的作品（也稱爲「神話史詩」）以作輔證。藏族的《格薩爾王傳》是外文譯本最多、外國學者用力最勤的史詩，向以口頭說唱和集體創作的方式流傳民間，敍述岺國格薩爾王一生的征戰討伐，是以一個民族領袖爲核心的英雄史詩。《瑪納斯》是新疆柯爾克孜族的史詩，約二十萬行，也是口頭演唱的集體創作，敍述瑪納斯家族好幾代的英雄事跡，史詩則以第一代英雄瑪納斯命名（其餘每一部均以該部主角命名）。瑪納斯部分主要是唱英雄的成長，和如何團結各部落南征北戰，擊敗外敵，最後重傷身亡。至於韻散交錯的蒙古族十三章本史詩《江格爾》，唱述以江格爾爲首的十二名「雄獅」，率領六千勇士的連年轉戰，雖人數較多，但肯定也是英雄史詩。

《黑暗傳》的內容，明顯地異於這三部少數民族史詩。如果一定要與其他少數民族的神話傳説比較，大概納西族的《創世紀》和白族的《開天闢地》，也許是較爲恰當的對象。後二者神話色彩濃厚，開始時也是「天地混沌未分」，又有洪水翻天和第一對男女（或兄妹）結合，似乎較爲接近《黑暗傳》。

此外，《黑暗傳》的流傳，有些歌手説是唐朝，另一些則説是元代；儘管神農架原始林區相當封閉，原始信仰可能保存較久，但就目前資料的內容和文字來看（尤其是歷朝《綱鑒》據説是唱到明代爲止），應是相當後期的創作，因此袁珂提及的「廣義神話」，王松所説的「神話研究的資料」，也許是目前較爲平實的看法。

一九八七年

大眾文學・敘事・文類

——武俠小說札記三則

七〇年代末和八〇年代初，先後兩度任教香港中文大學，負責「現代西方文學理論」的課程。在小組討論時，由於同學背景紛雜，要舉列文學作品引申說明，每有共識難求之苦。倒是偶一援引大眾文學，例如當代武俠小說的「名作」，同學反能「心領神會」。如此因緣巧合，也就留下一些散亂的筆記。現在整理出來的以下三則，或可視為分析武俠小說的幾個角度。

大衆文學

武俠小說是一種大衆文學。這個通俗的本質使到武俠小說的「文化商品性」特强。但同是「文化商品」(cultural commodity),「包裝」手段的優劣,對文化市場的消費實績,仍有重大影響。因此,雖是大衆文學或「通俗」文學,武俠小說仍不能一視同仁,粗暴地統一處理。

然而,在尊奉經史子集的中文學界,二十世紀中國文學有時尚在殿堂之外,或僅能聊備一格,武俠小說雖是相當矚目的文化現象,但學術探討上乏人問津,不難理解。這個情況和西方文學理論界早年的發展大略相倣。英美體系的形式主義文評(formalist criticism),對作品好作孤立的、自身具足的「苦讀細品」,因此分析對象最好是七寶樓臺。不斷大量生產的大衆文學自然難入法眼。德國法蘭克福學派(Frankfurt School)雖然注重文藝社會學和大衆文化的研究,但對大衆文化的評價是相當反面的。阿當諾與霍克海默兩位法蘭克福學派大將,就都對大衆文化口誅筆伐,認定其消費本質是墮落的,其短暫快感是麻醉的，其整體效果是削弱消費者的省思能力；因此大衆文化無異於消費工業，是大量製作、傾銷、惡性循環的文化商品①。類似的觀點亦見諸滯留美國的另一位法蘭克福學派社會學家李奧・路文陶對氾濫書市的各界名人傳記的分析②。法蘭克福學派對大衆文化的探討無疑是篳路藍縷，功不可沒。但今日反觀，其結論仍略嫌教條，對傳統的雅俗之別，稍過執著。

如果從法蘭克福學派的觀點來看，武俠小說既爲大衆文化之一種，評價和結論可思過半。但早期的法蘭克福學派的論點，對意識形態在大衆文化的辯證運作，似乎略有簡化。以武俠小說爲例，即使是短暫的逃避現實的娛樂，但其廣受歡迎，長期風行，是否隱約反映出某種羣體的有意識或無意識的認同(empathy)?而這種認同的心理因素又有甚麼共性或殊性?此外，現在中國長期的苦難，與武俠小說逸離現實時空的短暫忘憂，是否有某種內心的聯繫?又是否間接折射出桃花源或烏托邦的追尋?而武俠小說裏常見的傳統倫理、江湖道義，是否對某種舊秩序、舊倫理的眷戀和懷念?換言之，是否對現代工業文明社會帶來的心理焦慮及外在壓力的抒解方式?

意識形態在大衆文化裏弔詭的、辯證的運作，是美國當代新馬克思文論大師詹明信的獨特見解。詹明信認爲，大衆文化作爲一種商品，自然具備消費的、匱乏省思批判、絕大多數均欠缺藝術自覺性等性格；但這種文化商品有時也深藏某些理想成分，暗含某種烏托邦的元素，透過作品的熱鬧情節，在消閒上吸引讀者，但同時也反照出讀者內心裏無意識的渴求，間接滿足羣衆混藏的、期望美好的慾求③。女性主義批評家(feminist critic)珍妮絲•勒德威一九八四年探討美國通俗言情小說的專著，大體上肯定和證明了詹明信的理論推敲。勒德威採取問卷調查、直接訪問、集體對話的實證方式，以美國某社區的言情小說婦女讀者(此類小說沒有男性讀者)爲對象，探究她們沉溺言情小說的根由。勒德威的一項發現是，這些女讀者在家庭生活和感情世界上，都有各種形式和程度的不滿④。因此，最爲通俗的言情小說，即有發洩盪滌之心理功用，也弔詭地反射出她們對較爲美好和理想的生活或感情，朦朧的、自身無法用文字表達的慾望。由此觀之，武俠小說在華人社會的風行，似乎也可採取某種實證兼理論的研究模式，來作比較深入的分析。

從西方女性主義文論的觀點來看⑤，武俠小說無疑是「男性沙文主義豬玀」的最大心理滿足。因爲武俠小說裏的男俠，幾乎永遠是所有美貌女俠或其他女性的追求對象。

此外，心狠手辣的黑道邪魔也不時以尤物姿態出現，遙遙呼應中國文化傳統裏的「紅顏禍水」(femme fatale)。因此，從女權觀點來看，武俠小說肯定是「男權／父權」(patriarchy)意識形態上壓迫婦女的文化「幫兇」，要大批特批，自不在話下。也許有人會說，武俠小說裏的女俠或女魔頭，走出了閨房和廚房，是否可視爲「女權／母權」(matriarchy)的伸張？表面上，女俠當要勝於傳統小說的一般女性形象。但實際上，由於女俠終究要成爲男俠的附庸（如果我們用金庸的作品做範例），顯而易見，女俠並不能視爲對「男權／父權」的挑戰。

從西方女性主義電影理論的角度出發[6]，由於武俠小說不僅深受男性讀者歡迎，也廣爲女性讀者閱讀（雖然人數上可能較懸殊）；因此，武俠小說還可從另一個角度進行批判。根據羅拉•馬爾維和德蕾莎•狄•羅瑞提斯的看法，傳統好萊塢主流電影，通過電影符碼、視覺造型、敘事快感及心理訴求等元素的綜合，不但鞏固「男權／父權」的意識形態的壟斷性，而且長期將女性形象塑造爲「男權／父權」的「客體」，成爲這種壓迫性文化及社會體制的附屬品。由於主流電影的普及和風行，男性觀衆不但將女性形象的「客體化」視爲理所當然，連女性觀衆也因心理因素及電影所能提供的快感，從而被動地、不加反省地接受這種「客體化」附屬形象，忽略了這些電影的男性中心，甚而失落了女性本身的「主體意識」，被這些電影「集體洗腦」。這個理論觀點似乎不僅適用於傳統好萊塢主流電影，也對武俠小說的女性讀者的「主體性」(subjectivity)的構成，提供一個可以闡發的角度。

敘事

武俠小說的敘事結構，往往由於不斷重複和大同小異，似乎很適合從結構主義敘事學(structuralist narratology)的角度來作進一步的探討⑦。法國結構主義敘事學最大規模的實踐見諸人類學家李維史陀的神話分析⑧。李維史陀將不同文化種族的神話抽離其原有的社會歷史時空，孤立地互爲覆疊，簡約出功能相倣的個別元素，然後加以重組成一個模式，凸顯表面迥異的神話故事和社會現象之下，某種共通的深層結構。對結構主義敘事學影響深遠的俄國學者普拉普的《俄國童話型態學》，就以「功能」及「功能單位」爲分析原則，將一百則俄國童話約化歸結成四項通則⑨。傳統武俠小說的情節重複及人物黑白分明，似乎適合這類較爲機械化的模式的剖析。但在金庸的一些作品裏，由於中間人物的出現，忠奸難辨，黑白不明，亦正亦邪，就不容易作功能的歸劃和界限。金庸作品的這個突兀，似乎不能完全歸結爲「藝術探索」，而得從其他外緣因素來解釋⑩。

另一位法國結構主義敍事學名家羅蘭•巴特則曾指出，敍事作品的基本模式容或相倣，但個別意義的產生，還有待閱讀時對既定的示意系統或「語碼」的掌握⑪。他提出五種「語碼」作爲分析手段。其中第一種「疑問語碼」(hermeneutic code)，傳統小說中最常見。一般而言，傳統小說重點和興趣是講故事，而講故事離不開賣關子，也就是製造懸疑、提出問題，使讀者「追」讀下去。就武俠小說常見的情節而言，這個語碼顯然最爲突出。

義大利符號學專家翁柏圖•艾誥早歲亦曾從敍述學角度研究伊安•法蘭明的〇〇七特工小說。艾誥將〇〇七特工小說全部覆疊，簡約出他個人心目中認定最爲共通的結構公式；又將所有的小說人物分成兩大陣營，也就是二元對立(binary opposed)但互爲推動的價值系統⑫。艾誥認爲〇〇七特工小說表面上雖然繽紛歧異，但不過是這個結構公式及基本意識形態的不斷變奏。而這些作品之暢銷風行，是因爲在每個表面上不同的閱讀經驗裏，讀者不會有驚奇及突兀之處，而可以一再重溫其喜歡及熟悉的慣例。同時，在閱讀時的預期效應及預期娛樂兩方面，潛藏的熟悉感心理上保證讀者不會失望，一定可以滿足預期的快感。艾詰這個說法顯然也適用於武俠小說，並可說明武俠小說長期受歡迎的原因。艾詰的論證，既與大衆文學論者認爲此類作品特重熟悉感因而公式化（formulation）的觀點不謀而合，又與後來的「讀者反應文論」（reader-response criticism or reception theory）先後呼應。

文類

如果熟悉感和公式化是武俠小說作爲文化商品的屬性，那麼武俠小說作爲大衆文學裏的一個類型，又有甚麼特性？

文類的規範照俄國形式主義的看法，不外是表現手段和技法的組合。一個新文類的逐步出現，只不過是舊有文類的重新整合，也就是舊有藝術手段通過個別藝術家作出新組構。如以小說爲例，作家從經驗和書本抽取出來或憑空想像的情節，可稱爲「故事內容」或fabula，但作家的藝術組織和特定的個別呈現方式，亦即「敘述結構」或sujet，才是文類的決定性因素。這是俄國形式主義大師謝克洛夫斯基的基本見解[13]，也是湯馬謝夫斯基的看法[14]。

在俄國形式主義轉化成捷克結構主義之後，謝克洛夫斯基對文類的看法仍極具影響力。例如穆柯洛夫斯基就認爲文類本身是創作規則及手段穩定下來後構成的體系；好比下棋的規則自成一個系統，但進行棋戲時可以變化多端[15]。出身自捷克布拉格語言學會的雷尼・韋禮克的《文學概論》一書也傾向這種獨標創作手段的看法。他說：「在理論上，文學作品的集中歸類應該同時顧及外在形式（特定的結構或律度）與內在形式（態度、語調、目的——更爲粗糙地，也可包括題材及對象）。」[16]

以上這些說法，對相當公式化、自我重複、相當缺乏個人原創性的大衆文學來說，無疑是陳義過高。同理，武俠小說的文類及「次文類」（sub-genre）之規劃，也不能依循這些適用於「高額」文學的標準，而只能就題材內容來作「較粗糙」的探討。武俠小說成爲文類的先決條件，是內容上要有武又有俠。但「武」的內容，從還珠樓主的近乎中國科幻，到鄭證因的寫實傾向，到當代幾位名家的別出機杼，顯然各自迴異。而「俠」

的定義，從傳統作品的角色鮮明，到金庸及古龍一些作品的面貌不清，更是涇渭分明⑰。因此，武俠小說這個文類如要進一步規劃「次文類」，也許得結合「武」與「俠」在大量作品中呈現出來的不同性質，才能有一個鳥瞰式的統籌。

「次文類」之外，尚有一個「反文類」(countergenre)的問題。在十六世紀的歐洲，西班牙小說《小癩子》(約在一五五四年面世)，大概是該世紀最受歡迎的小說，並因此引起大量的倣作。這類作品多以「自傳性」口脗敍述，情節鬆散，採「綴段式」(episodic)結構，主角是個流浪漢，題材都是出身卑微的流浪漢的旅程。這類小說後來在十七世紀的德國、十八世紀的法國和英國，都有相當成功而且風行的借鑒之作，是歐洲小說的重要類型，一般稱爲「流浪漢冒險小說」(the picaresque novel)。塞萬提斯在十七世紀初出版的《唐吉訶德》，照比較文學專家克羅狄奧•紀廉的分析，雖然也有「流浪漢冒險小說」的痕跡，但卻以嘲弄、諷刺、諧謔的手法，詰難這個流行的文類，使得《唐吉訶德》成爲一個抗拒性的新類型，是挑戰舊類型的「反文類」⑱。換言之，《唐吉訶德》所承受的，並不是舊文類的正面影響，而可稱爲「負面影響」(negative influence)。這種情況和《紅樓夢》之針對「才子佳人」小說大略相倣。

但在大衆文學範疇，由於其特質是自然重複、互相模倣、競奪市場，因此「負面影響」而產生對抗性「反文類」作品的情況，極難出現。即或偶有之，如果市場上成功，模倣性作品就會大量出現，成爲另一股風潮，原有的抗頡自然也就瓦解。因此，在大衆文學領域，即使偶有個別小突破，類似「反文類」之企圖瓦解舊文類的條框成規，但囿限於大衆文學的性質，並不會完全逆反舊文類，而只是在原有體系裏作些「改革」。當代武俠小說裏，年輕一輩有兩三位作家均有這類嘗試。稍早的顯例自然是金庸的《鹿鼎記》，此書主角韋小寶既不「武」也不「俠」，無疑與一般武俠小說的成規南轅北轍，成爲一大突變；這大概是作爲大衆文學之武俠小說最接近「反文類」的一次表現。

註釋：

① Theodor Adorno and Max Horkheimer, "The Culture Industry: Enlightenment as Mass Deception," *Dialectic of Enlightenment*, trans. John Cumming (1944; 1966; New York: Seabury, 1972).

② Leo Lowenthal, "The Triumph of Mass Idols," *Literature, Popular Culture, and Society* (Palo

Alto: Pacific Books, 1961).

③ Fredric Jameson, "Reification and Utopia in Mass Culture," *Social Text,* No. 1 (Winter 1979), pp. 130–48.

④ Janice Radway, *Reading the Romance: Women, Patriarchy, and Popular Literature* (Chapel Hill: Univ. of North Carolina Press, 1984).

⑤ 西方女性主義文論的綜合評述，可參看 *The New Feminist Criticism: Essays on Women, Literature, and Theory,* ed. Elaine Showalter (New York: Pantheon, 1985).

⑥ Laura Mulvey, "Visual Pleasure and Narrative Cinema" (1975), *Visual and Other Pleasures* (Bloomington: Indiana Univ. Press, 1989); Teresa de Lauretis, *Alice Doesn't: Feminism, Semiotics, Cinema* (Bloomington: Indiana Univ. Press, 1984).

⑦ 結構主義及結構主義敍述學的中文討論，可參看周英雄與鄭樹森合編：《結構主義的理論與實踐》（臺北：黎明文化，一九八〇）；周英雄：《結構主義與中國文學》（臺北：三民，一九八三），張漢良：《比較文學理論與實踐》頁二一五—二八七（臺北：三民，一九八六）；高辛勇：《形名學與敍事理論》（臺北：聯經，一九八

七）。

⑧ Claude Lévi-Strauss, *Structural Anthropology,* trans. Claire Jacobson and Brooke Schoepf (New York: Doubleday, 1967), chap. xi; *The Raw and the Cooked,* trans. John and Doreen Weightman (New York: Harper, 1969); *From Honey to Ashes,* trans. John and Doreen Weightman (New York: Harper, 1973).

⑨ Vladimir Propp, *Morphology of the Folktale,* second edition, rev. and ed. Louis Wagner (Austin: Univ. of Texas Press, 1968); Propp, *Theory and History of Folktale,* ed. Anatoly Liberman (Minneapolis: Univ. of Minnesota Press, 1984).

⑩ 參看古蒼梧在《一木一石》（香港：三聯，一九八八）裏對金庸的評析。

⑪ Roland Barthes, *S/Z,* trans. Richard Miller (New York: Hill and Wang, 1974).

⑫ Umberto Eco, "Narrative Structures in Fleming," *The Role of the Reader: Explorations in the Semiotics of Texts* (Bloomington: Indiana Univ. Press, 1979).

⑬ Viktor Shklovsky, "Art as Technique," *Russian Formalist Criticism,* trans. and ed. Lee Lemon and Marion Reis (Lincoln: Univ. of Nebraska Press, 1965).

⑭ Boris Tomashevsky, "Literary Genres," *Formalism: History, Comparison, Genre, Russian Poetics in Translation,* Vol. 5 (1978).

⑮ Jan Mukarovsky, *On Poetic Language,* trans. John Burbank and Peter Steiner (Lisse: Peter de Ridder Press, 1976).

⑯ René Wellek and Austin Warren, *Theory of Literature,* third edition (New York: Harcourt, 1963), p. 231.

⑰ 關於中國的俠及俠客傳統之流變，參看龔鵬程：《大俠》（臺北：錦冠，一九八七）及王海林：《中國武俠小說史略》（太原：北岳文藝，一九八八）。

⑱ Claudio Guillén, "Genre and Counterrgenre: The Discovery of the Picaresque," *Literature as System: Essays Toward the Theory of Literary History* (Princeton: Princeton Univ. Press, 1971).

一九八七年

西方理論與中國文學研究

先說明一下題目。

西方，指歐洲（西歐、中歐與東歐）和北美。理論，指二十世紀曾經超越國界發生影響的文學理論與批評方法。中國文學研究，以北美英語學界（包括不少華裔學者）在這方面的成績爲主；臺灣、大陸、香港的不包括。

換言之，這個演講想要介紹的是北美學界如何使用源自西方評論界的方法來探討中國的傳統及現代文學。由於這個範圍相當大，而這個演講的重點不是西方理論的介紹，因此這個部分只會稍微提到，而以實踐成果的例證爲主。限於時間，每個流派大致上只限兩、三個例子。不過，有一、兩個學派也只限於所舉的少數例子。這些研究成果的發表人都有博士學位，也都在大學教書，因此也就仿照一般論文格式，不一一尊稱他們的學位和學銜。

美國形式主義（新批評）

新批評或美國形式主義常被詬病爲過度將文學作品絕緣於所有相關的外在因素（如作者、時代背景及文類傳統等）。但今天早已成爲舊批評的這個批評運動曾經有過革命性的影響：㈠擺脫十九世紀的實證主義和歷史主義。㈡將學院裏的文學研究自外緣移向作品本身。㈢徹底改革了美國大學與高中的文學教育方式；這一點到今天仍然很突出，因爲沒有其他的批評運動曾經這麼成功地往下紮根。

夏志清（C. T. Hsia）一九六一年出版的《中國現代小說史》（*A History of Modern Chinese Fiction*）和一九六八年的《中國古典小說》（*The Classic Chinese Novel*），在方法上深受新批評的影響。這也許和夏志清原在新批評重鎮的耶魯大學攻讀英國文學博士有關。在小說的評價上，夏志清也受到英國批評家李維斯（F. R. Leavis）的影響。李維斯早年從遊於曾來華任教的瑞恰慈(I. A. Richards;不少文學史家視爲最接近美國新批評的英國學者),對詩的分析有相當形式的表現,但對小說則特重人生關懷和道德判斷(見一九四八年的 *The Great Tradition*)。夏志清所吸收的正是這一面。後來劉紹銘討論傳統中國及當代臺灣小說,也沿承這條路線,一直堅持到今天。

劉若愚(James Liu)在一九六九年出版的《李商隱詩》(*The Poetry of Li Shang-yin*),收入一篇論文談他個人的中國詩觀。劉若愚認爲詩既是語言的探索,也是外在世界及心靈世界的探索。劉若愚將世界定義爲「外在現實與內在經驗的溶合」,而好詩不外是讓讀者體驗新世界,或是通過新的表現方式體驗舊世界。劉若愚英文裏的world(世界),其實就是王國維的「境界」;和王國維一樣,劉若愚也特別强調語言與境界之不可分。但對李商隱語言的分析,劉若愚則借重燕卜蓀(William Empson)的模稜說(*Seven Types of Ambiguity*)及溫塞特(W. K. Wimsatt)的象徵論(見一九六五年的 *Hateful Contraries*)。劉若愚一九七四年的《北宋名家詞》(*Major Lyricists of the Northern Sung*),以四章來英譯和分析晏殊、歐陽修、柳永、秦觀、蘇軾和周邦彥的作品。這本書在劉若愚的治學過程相當特別,因爲此書不但摒棄劉氏相當熟悉的新批評,也沒有其他西方的理論。除在序言重申其英文版的境界說，賞析中英對照的六家詞時，用語相當主觀、印象式和描述性。這種表面比較籠統的評鑑，可能是劉氏回歸傳統詞話的企圖，但也招來美國學者在《亞洲學報》上的惡評，並因此引起一場小筆戰。

夏志清和劉若愚的研究都很注重版本、過去的考據成果和中國學界的重要著作。這從他們的註腳和參考目錄就可以看出來。因此臺灣極少數新批評實踐者的顯著毛病，自然也從未出現。

美國學派的比較文學

比較文學的「美國學派」是針對「法國學派」而產生的。「法國學派」背後的精神是十九世紀的實證主義，因此特重考據、資料整理和可以查驗的影響，漠視影響的內在因素和作品的本文分析及評價。換言之，這個泛稱爲「法國學派」（其實也包括大量德國學者的著作）的比較文學研究方向，自限於作品、作家和觀念的相互流傳的外緣追蹤。美國在十九世紀末開始大量成立文學研究所，因爲以德國研究所爲模式，同時也帶入德國的考證學風。所以直至新批評在四〇年代開始抗拒之前，美國大學裏的文學研究其實和法、德兩國無甚差別。

一九五四年成立的國際比較文學學會基本上以法、德學者爲主（英國則遲至七〇年代末期才成立比較文學學會）。一九五八年的第二屆大會在北卡州 Chapel Hill 舉行，有四十三位歐洲學者越洋參加。三〇年代初就定居美國的捷裔學者韋禮克（René Wellek）發表〈比較文學的危機〉（現收入一九六三年的 *Concepts of Criticism* ），嚴厲批判研究只能是考據的學風，認爲文學研究必須自外緣轉入作品本身。在六〇年代，隨著新批評的大盛和傳統考據學派的低落，美國的比較文學研究日益重視作品本文分析，傳統的影響研究終於走上外在材料追蹤與內在排比剖析互相結合的路線。劉紹銘（Joseph S. M. Lau）一九七〇年的《曹禺論》（*Ts'ao Yü: The Reluctant Disciple of Chekhov and O'Neill, a Study in Literary Influence*；中文改寫本同年由香港文藝書屋出版，又收入一九七七年臺版《小說與戲劇》），是中西影響研究在這方面的先驅。

改變影響研究的體質外，美國的比較文學學者又倡議文學共通性的探求。雷馬克（Henry Remak）在一九六一年就說：「從事沒有互相影響的作家、作品、文體、趨勢及文學的比較研究，對於闡明文學作品的本質，恐怕要勝於影響研究。」（見N. P. Stallknecht and Horst Frenz, eds., *Comparative Literature: Matter and Perspective*）這種沒有直接影響關係的比較工作，可以稱爲「平行研究」。雷馬克又說：這種研究是「純粹」比較，專門探討作品的「類同」及「對比」。巴黎大學的艾登保(René Etiemble)向來抨擊傳統的比較文學，力倡加强没有互相影響關係的國家文學的比較，認爲這種研究有助於「共同詩學」的發展；例如東西方小說的比較，照艾登保的看法，就可以讓我們發現「小說文類裏固定不變的成分。」（見一九六六年 *The Crisis in Comparative Literature*）然而，現退休在奧地利的維斯坦因(Ulrich Weisstein)教授則對東西文學的平行類比頗有保留。他認爲雷馬克和艾登保的倡議，很容易會導引出忖測性的「亂比」。維斯坦因認爲類同比較應限於同一個文化系統裏的不同國家文學（例如美國、西班牙和德國的象徵派詩風），理由是：「在同一文化裏，思想、感情及想像的相似，是來自有意或無意間共同維繫的傳統；這些相似性一起出現時可以是共同的潮流；即在相似性超越時空時，也自有其令人訝異的統一性。」（見一九七三年 *Comparative Literature and Literary Theory*）在中西比較文學的範疇，如果從事没有影響接觸的平行類比，由於兩個文化系統差異極大，稍一不慎，確會流於「亂比」。例如陳穎（David Y. Chen）一九六五年據其博士論文發表的李賀與濟慈的比較，基礎不外是二人都貧病交迫，故此精神取向及藝術表現自會有相同性，至於兩位詩人龐大的文化、社會、文類傳統等差異，就完全不理。而 W. G. Langlois 一九六七年在 *Literature East and West* 上發表的《紅樓夢》、賽珍珠《大地》和馬爾勞《人的命運》之討論，起點不外是三書都記載中國的社會變遷。宇文所安（Stephen Owen）一九八九年出版的《迷樓》（*Mi-Lou: Poetry and the Labyrinth of Desire*），雖然在材料及分析上嚴謹得多，對個別詩篇的分析也不乏洞見，但全書的平行類比完全罔顧時間、空間、脈絡、文類、成規之鉅大分歧，對不少選擇的理由避而不談，對其他學者的研究成果隻字不提，而此書的目標如果只是說明詩的世界如何誘迷心靈世界、詩的藝術如何抗拒主宰性意識形態的腐蝕等一般道理，那麼儘管作者出入東西古今詩歌（第一章除白居易外，先後引論愛爾蘭古詩、古羅馬的賀雷斯、英國的鄧約翰、法國的波特萊爾、智利的聶魯達等），對詩藝及詩學的比較研究有多大貢獻就很難說；充其量就是宇文所安對詩的個人冥思、隨想和感興。但既然宇文所安並不是一位有創作地位的詩人，他對詩歌的「自由聯想」，除了他研究班的學生，對同行及後學有什麼參考價值呢？

另一方面，在現有的研究中，也有若干是可以反證平行的類同比較，在「共同詩學」的探求自有其重要性及啟發性。王靖獻（C. H. Wang）一九七四年出版的《毛詩成語創作考》（*The Bell and the Drum*），小心運用佩理與洛德（Milman Parry and Albert Lord）先後調查推衍出來的「套語理論」（formulaic theory），從比較的視野追究《詩經》的創作形態，證明《詩經》作品的套語化，因此落實口頭創作套語化是世界性現象。此外，西方學者一向認爲套語理論不適用於抒情詩作，王靖獻的分析修正和擴大西方的理論觀點。從這個成功的例子來看，維斯坦因的憂慮雖然不無道理，但平行的類同比較的可能開拓性也不容抹殺。

原型學派

今天談原型批評，一般都從加拿大批評家傅萊（Northrop Frye）一九五七年的《批評之解剖》（*Anatomy of Criticism*）開始。但在一九四七年討論英國詩人布萊克時，傅萊就已提出原型的觀念，並將之界定爲經常在文學經驗裏出現的意象、人物、敘述公式或觀念，而這個元素往往有更大的統攝作用（*Fearful Symmetry*）。其實傅萊的看法可以追溯至本世紀初的劍橋學派人類學。傅瑞沙（James Frazer）一九一一年出版的《金枝》（*The Golden Bough*）是代表作。在一九二二年濃縮成一卷的《新金枝》，傅瑞沙指出，西亞和北非古代草木神話裏的大神，每年都隨著季節變遷而死亡及重生；這些神的名字及祭儀並不相同，但內容是一樣的。（劍橋學派人類學在當年備受文壇注目，對創作有相當影響。《金枝》的影響不絕如縷之外，Jane Harrison 一九一二年的 *Themis* 影響龐德，Jessie Weston 一九二〇年的 *From Ritual to Romance* 影響艾略特。）

劍橋學派這個表面歧異、實質相似、在不同時空恆常出現的偶像及祭儀之說法，其實和後來文學評論界所講的原型並無二致。心理學家容格（Carl Jung）的看法也是一樣的（見一九六八年英文本 *Man and His Symbols* 頁五八）。但容格則進一步以原型來說明藝術的奧秘。他認爲在不同歷史時空出現的各種創作裏都經常蘊含原型，因此也就有其神話淵源，而創作過程就是原型的無意識的發動及逐步發展成作品；文藝作品能夠超越時空吸引不同的讀者即是原型對集體無意識之呼喚（見一九六六年英譯本 *The Spirit in Man, Art, and Literature* 中 "On the Relation of Analytical Psychology to Poetry"）。

繆文傑(Ronald Miao)一九七四年發表的〈試用原始類型的文學批評方法論唐代邊塞詩〉(中文本見一九七五年八月《中外文學》),雖然没有直接引用容格,但他參考的Philip Wheelwright,非常强調象徵的宇宙性,也就是某些具體意象在迥然不同的文化裏的類似意義。在這個基礎上,繆文傑逐步例舉邊塞詩裏的「原型」意象及其超時空的意義。作爲一種批評方法的實踐,繆文傑的文章自有其參考性。但這個嘗試也同時暴露出原型批評幾個一直無法克服的困難:㈠在分析時雖能統合不同的作品,但絀於評價,往往不能辨識高低優劣。㈡忽略不同體裁或次類型的表現成規(包括某些詩體的固定意象),而以並時性的原型作爲意義的來源,泯滅了順時性或歷史性的傳承發展。㈢對作品的手法技巧幾乎完全不能分析。㈣在大量作品排比時,多只探討原型的共通性,盡量避開實際的其他歧異。

一九七七年傅述先(James Fu)據其博士論文修訂出版的《西遊記》比較研究(*Mythic and Comic Aspects of the Quest*),理論基礎也是原型學派,尤其是傅萊和坎普(Joseph Campbell)一向重視的「追索」(quest)原型。此書關心的是「追索」的基本模式、人物在「追索」過程中的蛻變、「追索」作爲長篇小說的主要敍述形式等問題;比較的作品分別是塞萬提斯的《唐吉訶德》和馬克吐溫的《赫克•芬恩》。此書的做法無疑是將原型分析轉化成非歷史性的主題學研究。傳統比較文學的主題學都是歷史性考證，追蹤一個主題或素材（包括人物）如何流轉於不同的國家文學之間，例如唐璜這個人物在歐洲文學的流傳和變化。但這類研究一向只做材料收集輯錄，不做內在分析，相當於影響研究之基礎工作，因此一般也稱爲「素材學」（Stoffgeschichte）。因此，傅述先其實是以心目中的共通原型來從事形式主義的主題學比較；也是美國學派的比較文學興起後才有可能的研究。

傅萊和坎普的原型學說亦見於浦安迪（Andrew Plaks）一九七六年的《紅樓夢的原型及喻意》（*Archetype and Allegory in the "Dream of the Red Chamber"*）。近年來又再走紅的坎普一九四九年的名著 *The Hero with a Thousand Faces* 認爲，古代神話裏的英雄雖面貌殊異、稟賦不一，但均有一定的啟蒙儀式及過程，也就是「分離孤立／歷煉轉變／回歸同化」的三個階段。坎普認爲這個原型放諸四海皆準，是最重要的「單一神話」；而坎普的討論也將原型和神話聯繫結合。坎普這個討論方式也是浦安迪所繼承的。但也許爲補充原型論在內文分析不夠細緻之處，浦安迪另有專章討論《紅樓夢》的多種喻意方式。浦安迪的批評策略顯示他對原型論的短長有較全面的掌握。

儘管在八〇年代後期坎普的比較神話學等專書又再盛行於北美，但原型學派文學評論則在七〇年代後期日益式微，八〇年代僅餘傅萊獨來獨往。

心理分析學派

佛洛依德（Sigmund Freud）的學說一向與文學關係密切。佛洛依德早年的一些觀念和術語都受到文學名著的啟發，例如戀母恨父的伊迪帕斯情意結（Oedipus complex）就來自希臘悲劇。早年的（或可通稱爲第一期的）佛洛依德學說的重點是意識與無意識的互動。（現在日常用語裏常見的潛意識〔subconscious; Unterbewusste〕這個名詞，佛洛依德是廢棄不用的，都是用無意識〔unconscious; Unbewusste〕。）第二期（或晚年）的佛洛依德學說的重點是原我（id; Es）、自我（ego; Ich）和超我（Super-ego; Uber-Ich）的架構。

在早年的佛洛依德，一九〇八年的〈創作與白日夢〉一文企圖解釋作品的起源、形成與接受過程。一九一〇年的〈達芬奇與孩童時期記憶〉則透過作品來探討創作者的心結及其對作品的影響。文學人物的分析則有哈姆雷特、馬克白和馬克白夫人等。受這個時期學說啟發的英美學者相當多，影響也很大。現在舉幾個著名的例子。Ernest Jones 一九一〇年（一九四九年增補）對哈姆雷特戀母恨父的全面分析（*Hamlet and Oedipus*）；Edmund Wilson 一九二九年將天才與挫傷的聯繫（"The Wound and the Bow"）；Kenneth Burke 一九四一年對無意識與詩創作的關係之重新規劃；Lionel Trilling 一九五三年對藝術與神經症的再度探討（*The Liberal Imagination*）；Frederick Crews 一九六六年分析霍桑如何壓抑自己以致形成焦慮（*Sins of the Fathers*）；甚至 Harold Bloom 一九七三年的文學傳承及內在影響的觀點（*The Anxiety of Influence*），仍有伊迪帕斯情意結的陰影。但早期佛洛依德學說應用在文學批評上有幾個明顯的問題：㈠過度拔高無意識與創作（寫作）的成規性行為之關係。㈡無法照顧文學創作的技巧層面。㈢將文學人物視為現實人物（因此有童年）來分析。㈣文學作品有時變成「診斷」創作者「心病」的材料。㈤所有象徵表意都受父權的左右。

晚年（二〇年代初起）的佛洛依德學說就很少觸及文學。但他在一九〇五年與〈性愛三論〉同時發表的〈笑話與無意識之關係〉、一九一九年與〈超越愉悅原則〉同時寫作的鬼故事剖析，均以承受羣衆及集體反應爲重點。這個方向後來對幾位美國著名學者很有影響。Simon O. Lesser 在一九五七年企圖證明小說如何在不同層次滿足讀者的心理需求（*Fiction and the Unconscious*）。Norman Holland 則將不同讀者對同一作品的反應綜合整理，探求反應的共同點及差異的原因，其實證研究的成果在一九七五年發表（*Five Readers Reading*）。Bruno Bettelheim 在一九七六年 *The Uses of Enchantment* 解說童話故事如何讓小孩認識世界和發生昇華作用，是同一方向但以作品爲基礎的探討。

佛洛依德學說在五、六〇年代的美國另有一番新發展，重點是個人成長的身分認同（identity）及人生的階段模式（life stages），大體上可稱爲社會心理學的方向。美國佛洛依德學派的艾力生（Erik Erikson）將人生劃分八個階段，並同時提出八個特點及選擇，其中較重要的是年輕時「認同」與「認同混亂」之衝突、成年時「親密」與「孤獨」之取捨（參看一九六三年第二版 *Childhood and Society* 第七章及一九六八年 *Identity: Youth and Crisis* 第三章）。在艾力生影響下，李歐梵提出「魯迅內傳」的可能性。「內傳」應該就是 Psychohistory 或心理歷史的意思。李歐梵以「認同混亂」和「超越父親」的追求來解釋魯迅的水師學堂、鑛路學堂、東京弘文學院和仙臺醫學院的經歷，而以一九〇六年

（二十五歲）棄醫從文爲魯迅的心理成年期的開始，一九〇七年到一七年的十年則爲後期或延長的「認同混亂」。魯迅步入中年後內心日益孤寂，家庭也「談不到溫暖」，幾乎完全就是艾力生討論甘地時描述的模式：一個不平凡的人因爲生命歷程的波折，往往「擠退享受親密的機會」，成名後「沒有伴侶、朋友和兒子」（見一九六九年 *Gandhi's Truth*）。魯迅晚年對晚輩青年的提拔和關懷，李歐梵則以艾力生的人生第七階級的「接代」（generativity）及「接代危機」來解釋。李歐梵這個心理歷史的先驅性嘗試（中文版見一九七〇年十二月及七一年一月、三月、四月香港《明報月刊》），雖極有啟發，但似乎是他本人不很滿意的，因此一九八七年出版的英文本力作《鐵屋中的吶喊》（尹慧珉中譯本香港三聯書店一九九一年印行）就完全揚棄原來的分析架構。

不過，心理分析可能是李歐梵文學研究上的一個「結」。一九八二年年底「中國現代短篇小說的理論探討」的國際研討會上提出的論文，再用心理學上的「重像」觀點分析老舍的短篇〈黑白李〉。小說中黑李與白李兄弟倆長相一樣，但性格迥異，最後又兄代弟死，即就表面情節來看，就是明顯的「重像」（double）。由於過分明顯，又不及中國小說其他一些「重像」有趣（例如《紅樓夢》中兩個寶玉的「外在重像」，而黛玉和寶釵可視爲「內在重像」），再加上大量美國佛洛依德學派的分析，不免落入「套套邏輯」（tautolgy）和過度分析的困境。不過，這也可能因爲方法及材料都是由大會主持人規範（此文後收入一九九〇年 Theodore Huters 編輯的 *Reading the Modern Chinese Short Story*）。

在一九八九年春季號《現代中國文學》半年刊（*Modern Chinese Literature*）的八〇年代中國大陸文學專號上，譚國根（Kwok-kan Tam）援引佛洛依德早年的原我及自我的觀念，來分析張賢亮的長篇小說《男人的一半是女人》。這篇文章當然也假設小說的主人翁爲實存人物，否則就無從大事鋪陳。但文章又同時引進傅柯（Michel Foucault）性慾與權力互爲轇轕的著名觀念，突顯國家機器的壓迫功能，將現實帶入虛構，爲佛洛依德舊說的應用增添新意。

至於後期佛洛依德學說，則未見在北美的中國文學研究出現。而法國佛洛依德學說（即拉岡的理論）目前仍集中在少數分析八〇年代大陸電影的文章裏。但電影理論家 D. N. Rodowick 一九九一年力陳拉岡理論被電影分析誤用（*The Difficulty of Difference*），因此日後這方面的發展恐怕得很愼重。

女性主義

西方女性主義文藝評論近二十年來十分興旺。在學院派的電影研究，幾乎已至不談或不了解女性主義，就無法下筆的地步。這應是女性主義文論最重大的勝利。而在文學評論方面，女性主義雖仍只是一個流派，但已非常成功地扭轉整個範疇的討論方式和改變傳統的評鑑標準。

美國女性主義文藝評論一度和女權運動相輔相成。Kate Millet 一九七〇年出版的 *Sexual Politics* 和 Molly Haskell 一九七四年的 *From Reverence to Rape* 都是批判爲主、「喚醒自主意識」的啟蒙式作品；重點當然是婦女的負面形象及男權／父權（patriarchy）的壓迫。在七〇年代後期，反擊性的批判逐漸爲建設性的重構取代。Elaine Showalter, Sandra Gilbert 和 Susan Gubar 等的研究是要重現被男性文化發展埋沒的女性文學史和女性美學觀，而以一九八五年《諾頓版女性文學選集》（*Norton Anthology of Literature by Women*）的刊行爲重大突破（過去諾頓只出版英國、美國及歐洲文學「名著」選本，爲北美大學最風行的文學教科書）。

與這個重新估價的潮流一同湧現的是女作家的新論、「出土」及譯介。譯介的目標是比較和開拓視野。到九〇年代初，全世界的女性文學都有英譯選集。臺灣文學的英譯雖然一向不易在美國出版，一九九一年女性主義出版社也刊行張誦聖（Sung-sheng Yvonne Chang）主編的臺灣女小說家選。在二十世紀中國文學的研究方面，一九四九年前的重點仍是丁玲。一九八二年梅貽慈（Yi-tsi Mei Feuerwerker）出版《丁玲小說論》（*Ding Ling's Fiction*）；一九八九年則有 Tani Barlow 主編並撰長序的丁玲作品選（*I Myself Am a Woman*）。葛浩文（Howard Goldblatt）的《蕭紅傳》（*Hsiao Hung*），因爲出書時間較早（一九七六），又無女性主義觀點，影響反不及葛浩文英譯的多種蕭紅小說（幾近全集）。相形之下，其他一些四九年前也頗具文名（不用發現）的女作家就寂寞得多，例如陳衡哲、馮沅君、蘇雪林、沈櫻、盧隱、白薇、羅洪、羅淑、葛琴、林徽因等。張愛玲雖仍無專書，但起碼有夏志清《中國現代小說史》及耿德華（Edward Gunn）一九八〇年的《不受歡迎的繆思》（*Unwelcome Muse*）曾專章討論，不致完全被忽略。

至於四九年後的當代中國文學，海峽兩岸八〇年代的女作家在譯介上似較受重視。

王安憶突出性慾的《小城之戀》，英譯之外，一九九〇年五月哈佛大學的國際研討會上，就有多篇論文討論。臺灣方面，李昂似是到目前爲止在美出版英譯單行本的女作家；《殺夫》的男權壓逼不但女性主義英文刊物注意，學界也有研究論文，是臺灣作家近年來唯一在歐美（尚有德譯本）出頭天的，多少是拜女性主義之賜。但以這兩位女作家在歐美的承受情況來看，能否挑戰固有意識形態及動搖往昔的性愛描寫尺度，似乎是使到這兩位女作家特受注目的原因。

美國女性主義文論蓬勃發達後，間接帶動中國女作家的翻譯和介紹，但對整體的研究方向則尚未有很大的影響。周蕾（Rey Chow）一九九一年的《女性與中國的現代性》（*Women and Chinese Modernity*），應是唯一深受女性主義影響的文評專著。周蕾的角度大體上可以形容爲「非自然論」（anti-essentialism，又可譯非本質論）。歐美女性主義的「非自然論」認爲女性主體（female subjectivity）、男女性別差異、甚至性慾行爲，都是固有的各種社會文化實踐及傳統，通過長期的霸權宰制出來的。換言之，生理的（自然的）因素在男女的主體性及其他差異的構成上，應該是關係不大的。比方說，「男主外女主內」就只能是社會文化的產品，職業取向亦然。由於周蕾的專著是採用西方理論來剖析中國現代文學及女作家的特點，並不是純理論或後設理論的思考，因此不可能兼顧西方一些女性主義理論家正在爭辯的「非自然論」的困境。「非自然論」基本上將問題歸納爲男性霸權在文化體系內的再生產，但對階層、種族、不同性向及不同文化裏的各種女性，則弔詭地合併在一起，不再細分其多元性及多樣性。換言之，有些女性主義學者認爲「非自然論」也只能顧及問題的一部分，不宜過分概括包涵（參看 Teresa de Lauretis, *Technologies of Gender*，一九八七）。

此外，部分「非自然論」採後結構主義學者（如傅柯）或解構主義理論家德希達的看法，認爲分析時作者是多餘及不需要的。但此說顯又與女性作家的女性文學世界及女性美學的分離性扞格不入；也有女性主義學者強調女性身分不能在分析時泯滅（參看 Cheryl Walker, "Feminist Literary Criticism and the Author," *Critical Inquiry*, Spring, 1990）。另一方面，在女性主義文論日益周延的時候，不論是討論中國古代男詩人的閨怨詩，或十八世紀英國小說家以女主角爲敍述中心的作品（如笛福的《蘿珊娜》及李察遜的《克麗莎》），表達技巧、文類成規及承受習慣等，都必須一同討論，就不能單以性別（如「雙性同體」觀）來簡化。

俄國形式主義

俄國形式主義在開創時也是對十九世紀考證及崇古學風的反動，因此特別注重作品本文的分析。這個學派標榜的「文學性」(literariness)，指各種文學作品的表現手段及這些手段的總和。俄國形式主義對「文學性」的重視，到了文類、傳統、時代及評價都以「文學性」爲依歸的地步。羅曼・雅克慎(Roman Jakobson)將這個學派的一些方法帶到布拉格，和布拉格語言學派（又稱捷克結構主義）結合，後來因歐戰避居美國，對美國的語言學及語言學的文體學極具影響，後來又通過法譯成爲法國結構主義詩學的源頭，因此這裏將他劃入俄國形式主義是比較廣義的，是針對他的方法起源。

林順夫(Shuen-fu Lin)一九七八年的姜白石及南宋詞專論《中國抒情傳統之變化》(*The Transformation of the Chinese Lyrical Tradition*)，曾有專節介紹雅克慎對語言兩軸的重要見解("Linguistics and Poetics"，見 T. A. Sebeok 編一九六〇年出版的 *Style in Language*)。雅克慎認爲，語言的基本運作可分爲「選擇」(selection)和「合併」(combination）兩軸。「選擇」是挑出語言系統裏的組成分子，然後「合併」爲一個訊息。如果用另一位語言學家索緒爾（Ferdinand de Saussure）的比方，「選擇」是直線式活動，合併則是水平式活動。例如「春風又綠江南岸」一句，「綠」字可以是其他字眼；詩人的最後用法就是選擇的直線活動。因此，選擇的功能一般是替代性的（substitution）；將「綠」字作動詞使用，與主語組織在一起，則是合併，作用是接連性的（contiguity）。雅克愼將選擇與替代通稱爲「比喻的」（the metaphoric），而合併與接連則是「換喻的」（the metonymic）。但他這兩個術語的使用顯然異於傳統修辭學的認識，因此早年常常引起誤解。這裏爲避免混淆，一律採用選擇與合併來形容兩軸之功能。

雅克愼對詩與語言兩軸之關係，主要看法是後來極有名的對等原理。在一九六〇年〈語言學與詩學〉一文，他說：「〔語言的〕詩歌功能，是把對等原理從選擇〔即替代〕一軸，射向合併〔即接連〕一軸。」選擇和替代是以對等爲原則，例如「綠」字可代以其他動詞；而一般同義字更是對等的。但合併也是以對等爲原則，情況就略有不同。在古典詩歌裏，最能說明這種情況的應該是對偶和排比。唐詩的絕律裏，聲、韻、節奏、語法、語義，都極注重對等，因此往往比西方的詩例，更能說明雅克愼「選擇軸依據對等投射向合併軸」的原理。雅克慎通過西文的中國詩學的介紹，很早注意到這一點，甚至想使用二手材料來了解（見一九七○年"The Modular Design of Chinese Regulated Verse"一文）。在哈佛大學任教時更一再鼓勵華裔研究生探討這個課題。深受雅克慎影響的著名比較文學理論家克羅狄奧・紀廉（Claudio Guillén）一九七一年在臺北發表的論文"Some Observations on Parallel Poetic Forms"，也特別通過英譯提出唐詩來參照。然而，要深入探討這個非常形式化的問題，還是要精通中文及其詩歌傳統，因此林順夫的興趣，本來是很令人雀躍的，但奇怪的是，林氏專書在提出這個考察方向後，就沒有明確地進一步發揮，又再次成爲問題的提出，殊爲可惜。

程抱一（程紀賢、Francois Cheng）一九八二年在美英譯出版的《中國詩的寫作》（*Chinese Poetic Writing*；法文原版一九七七年刊行），基本上是中國傳統詩學的綜合介紹，但較常以新術語來解說舊現象；談意象的一章在舉李白的〈玉階怨〉爲例時，就用選擇和合併兩軸之對等原理來說明平行對比（此一部分曾有中文長文〈四行的內心世界〉，見一九七三年七月《中外文學》），但雅克慎的理論在中文版未有特別標出）。程抱一的中、法、英三個版本的分析，都是實踐的層次，雅克慎生前企盼的理論性整理仍待努力。同樣，浦安迪一九九○年的"Where the Lines Meet: Parallelism in Chinese and Western Literatures," *Poetics Today*，是將中國傳統文學的對偶藝術，向西方學界作一般性介紹，也未能在理論上深化。

結構主義

結構主義相信先驗性、系統、深層架構及其關係網絡。在文學研究方面，此派一般都只注重共通特色（例如功能）的發掘，無意於個別作品的分析及總體的評價。

西方最大規模的結構主義敍述學的運作應是李維史陀（Claude Lévi-Strauss）數大卷的比較神話學。李維史陀一向認爲，「二元對立」（binary opposition）的互動關係是決定意義及辨識功能的大原則。一九七六年浦安迪（Andrew Plaks）的《紅樓夢的原型及喻意》，就受到李維史陀這個觀念的啟迪，提出「二元補襯」來探討《紅樓夢》的結構，將一百二十回重作組合以說明全書組織上的二元特色。浦安迪要說明的「二元補襯」包含下面四項特色：「感官及觀念方面的二元性；兩極的不斷交替；無中含有、弱中藏强等相互包涵；兩極的個別組合和多重互疊」。照浦安迪的看法，全書架構不但受二元關係支配，局部肌理也是二元補襯，並舉出「動靜」、「雅俗」、「悲喜」、「離合」、「和怨」、「盛衰」等六對二元關係來進一步說明。但浦安迪受李維史陀啟發的僅限於此，並沒有進行李維史陀擅長的大規模的「瓦解」及「重組」活動。這也許因爲浦安迪分析的對象只是單一的文學作品（且是一般視爲「殿堂」之作），僅能有限地操作，無法找一堆作品來互疊後作「並時」的功能性重組。

法國結構主義學者裏，托鐸洛夫（Tzvetan Todorov）曾一再將這一派的敍述學推入「經典」文學的領域。一九七〇年從敍述入手來建立「怪幻」（the fantastic）的文類模式，特別强調以作品中角色（隱然涵蓋假設的及真實的讀者）的態度爲「怪幻」文類的界定標準。如果角色對反常事件猶疑不決、無法或拒作解釋，這種模稜未定的效果即爲「怪幻」的基本條件。反之，如果角色對反常事件作理性、自然的解釋，則屬「怪誕」（the uncanny）的鄰接文類。但如果角色對這種事件完全接受，採超自然（即相信此種力量）的解釋，則屬「神怪」（the marvelous）的另一鄰接文類。高辛勇（Karl Kao）一九八五年的《中國古典神魔怪幻故事選》(*Classical Chinese Tales of the Supernatural and the Fantas-*

tic)，主要是六朝及唐代小說選譯，但書前五十一頁的長序則企圖建立中國古典短篇小說裏「怪幻」的類型及其結構模式。高辛勇參照托鐸洛夫的分類法後，認爲他的理論並不適用於中國小說，因爲後者並不是以作品裏人物反應爲歸劃準則，而是以描繪的「現實」來作界定（例如六朝志怪）。六朝及唐代短篇小說有「怪」的成分的，高辛勇劃分爲超自然的「神魔」（即英文原題裏 the supernatural 之暫譯）及極爲異常但並非一定超自然的「怪幻」（即 the fantastic 之暫譯）兩個類型。

高辛勇又指出，中國的「神魔」及「怪幻」一向是同時出現在不同的同期作品。但西方的「怪幻」則後於「神魔」，是十八世紀啟蒙運動理性主義思潮興盛後的歷史產品。在實際分析時，高辛勇先將六朝志怪根據素材區分爲六個基型。在敘述結構的分析上，高氏提出背景、人物及事件性質作爲六朝志怪最基本的描述及分析要點。但在討論唐代可以歸入「神魔」及「怪幻」的小說時，高氏認爲唐代作品比較複雜，在上述三個「瓦解」及「重組」的分析手法之外，另要加上創作過程中的「累增」（accretion；包括現存母題的新結合）及「變化」（transformation；即濃縮、鋪陳及變奏），又以前者爲敘述中最常見。高辛勇能夠建立分析模式，明顯地是因有大量敘述材料，可供覆疊、簡約和重賦新義。這和普拉普（Vladimir Propp）及李維史陀的做法是很接近的。但高辛勇的操作有幾個突破性的特點：㈠非常重視文類的順時性或歷史性發展，與李維史陀一律並時、不分時空的壓縮處理不同，也許是處理文人作品比較合理的設想。㈡沒有採取西方原有的特別術語，而以較爲平易的一般評論用語來說明分析模式及敍述要素（這兩者往往在敍述學上是合而爲一的）；這是較具個人特色的。㈢托鐸洛夫早年的一些分析模式（例如《十日談》的剖解），表面上十分科學和客觀，甚至有公式的出現，但細讀之後，仍不免有模式先行之嫌（此外，表面上的科學性也無法解決的是，模式最後必然來自分析者的某種「直覺」心靈活動）。高辛勇提出的模式則是歸納性的，大體上是自中文材料本身得出來的較爲實證的架構，同時也隨著材料的演變而調整。這一點是高辛勇「活學活用」西方敍述學傳統的明證，是重要的突破，因爲大體上解決一面倒套用西方模式的問題。

現象學

受現象學影響的文學論評一向擅長本質性問題的闡發，而幾無法從事形式的細部分析。現象學文論的實際批評通常特重作品裏呈現的意識（這個意識並不等同作者本人）及構築的世界，在讀者（論者）意識中力求客觀的重新建造。因此，與俄國形式主義及結構主義不同，這個學派非常主觀，以批評家（讀者）的心靈活動爲重點。

在一九八二年的《中國詩的分析》（*The Interlingual Critic: Interpreting Chinese Poetry*），劉若愚（James J. Y. Liu）認爲他自六〇年代中至七〇年代中發展的中國詩觀，遠在他接觸和深入研究現象學之前，竟有不少見解與現象學美學家羅曼•殷格頓（Roman Ingarden）及米格爾•杜夫潤（Mikel Dufrenne）之說法不謀而合。例如殷格頓和杜夫潤都視詩爲一個意識世界的文字實存，有待讀者想像或意識的重建；因此，詩作未通過閱讀、思考及想像重構（不論理解程度），雖有物質本體，其實是不存在的（見杜夫潤 *The Phenomenology of Aesthetic Experience*）。而殷格頓甚至認爲，進入欣賞者意識的作品才是作品，但也同時屬於閱讀主體（見殷格頓 *The Literary Work of Art*）。劉若愚認爲這些看法，與他一九六九年《李商隱詩》的一些提法極爲接近。

劉若愚認爲這種巧合並不偶然，因爲他本人向受他稱爲「妙悟派」（又稱爲形上派）中國詩評家的影響（指嚴羽、王夫之、王士禎及王國維等），而這些詩評家又都受道家思想影響，因此他筆下的巧合似是道家美學與現象學文論的相似所造成。劉若愚認爲兩方的相似性有四點：㈠文學爲「道」之顯現接近杜夫潤的藝術爲「存有」之顯現的提法；㈡物我交溶、情景合一之說法，一如不少現象學家所講的主客不分、「意識作用」（noesis）和「意識對象」（noema）無法二分；㈢「妙悟派」及現象學美學都有「二次直覺」（即暫停判斷現實、存而不論方達到的情況）之倡議；㈣雙方都明白語言在表達上之不足，但都不得不繼續使用來進行理解。劉若愚的比較基本上是序言及第一章的重點，稍後就是較爲落實的鋪陳。最後一章（第六章）則以中國詩的時間、空間和自我爲具體分析對象，而時間和空間正好也是現象學文論比較偏好的題目。

劉若愚的學生余寶琳（Pauline Yu）一九八〇年的《王維詩》（*The Poetry of Wang Wei*）雖以譯解爲主，書前長序也用了海德格、梅露彭迪、殷格頓、杜夫潤的觀點來說明王維，認爲王維的作品刻意不讓自己成爲作品核心，通過自我與世界之統一來形成情景交溶的效果。但中國詩這種主客合一的表現，其實還是比較平等的看法，而現象學則較爲强調意識、主體，甚至藝術之功能；例如海德格名作〈賀德齡與詩之本質〉就曾說：「詩是透過文字來構築『存有』」、「詩是『存有』和萬物本質的初步命名」。這也許是道家與非常唯心的現象學派一個很微妙的分歧。

余寶琳在引用西方現象學美學家的時候，是比較和互相參考，向不質疑詰難。劉若愚則不盡然。在《中國詩的分析》的結語，他對自己的分析策略重作檢討，認爲他的「融匯」(synthesis)的做法也許勝於其他人提倡的多元主義及雜採各家，因爲後者無法維持批評家立場與策略的一貫性，不免在雜取之餘自相矛盾。此外，劉若愚也對中西比較文學及中國文學的英文研究，提出語重心長的省思。他指出：一旦用英語來討論中國文學，西方的術語和方法要重新考量自不在話下，但連基本用語也不得不從比較的角度再作思考；例如英語的 literature 是否就相當於中國用語的「文」，英語的 poetry 是否能夠涵蓋中國作品裏的詩。劉若愚自嘲爲天性樂觀，因此相信中西詩及詩學某些共通性是可以探討的，但也得同時不斷推敲省思這些共通性。可惜的是，劉若愚晚年這種批評策略的自覺性，宇文所安(Stephen Owen)似乎完全沒有注意到。

解構主義

解構主義和現象學是有血緣關係的。德希達(Jacques Derrida)一九六七年的《語言與現象》(英譯本 *Speech and Phenomenon* 一九七三年出版)分析的正是胡塞爾的現象學，但同時又認定胡塞爾的體系基本上受西方形上學最傳統的命題和觀念所左右。同年的《文字科學論》(英譯本 *Of Grammatology* 一九七五年出版)提出解構的觀念和策略。在出書前，這個觀念並不是作解構(deconstruction)，而是「瓦解、斷滅」(Destruction)，也就是海德格在《存有與時間》裏首次提出的。海德格認爲古老的本體學必須「瓦解」或「毀滅」後才能重現「存有」本質；而「瓦解」一個傳統(或一個對象)得先進入、熟悉這個傳統的語言及策略，也就是使之「內在崩潰」。後來德希達及其他解構者都使用這個從內在的裂縫或矛盾去瓦解閱讀對象的策略，雖然德希達並不相信這個先驗的「存有」。

德希達的《文字科學論》以相當多的篇幅介紹西方十八世紀以來笛卡兒、萊布尼茲、盧梭、黑格爾等哲學家對中國文字的誤解和附會。這個誤解一直持續至范羅諾沙及龐德。范羅諾沙和龐德認定中國文字的象形性質使之逼近自然，即意符與意指之合一，是最適合詩創作之語言。德希達以爲，這雖然將中文誤會爲完美的文字、自語音的樊籠解脫出來，但這個誤解仍不失爲打破西方語言（語音）中心論的企圖。換言之，材料的理解雖然錯誤，但其方向有意義、具啟發性。

美國學者韋思靈(Donald Wesling)在一九八〇年評介德希達哲學對東西比較文學之可能啟迪時（見"Methodological Implications of the Philosophy of Jacques Derrida for Comparative Literature: The Opposition East-West and Several Other Observations"收入*Chinese-Western Comparative Literature*），認爲懂中文、了解中國文學的比較學者應該修訂德希達對中國的西方霸權式擺弄。韋思靈認爲可從兩點著手：「㈠說明中國文字向有重要的發音成分，只不過是被范羅諾沙和龐德遺忘，或被德希達低調處理；㈡說明中國的哲學及文學傳統，如陸機的《文賦》和劉勰的《文心雕龍》，正如西方的傳統，一樣受制於現存及本源等迷思。」

奚密（Michelle Yeh）後來以英文在 *Journal of Chinese Philosophy* 發表〈解結構之道：德希達與莊子比較研究〉，比較前者在《文字科學論》正式提出的「衍異」（延異）觀（differance）與後者的「道」。這篇文章有其特定範疇及目標，自然不可能回應韋思靈的呼籲。但這篇文章的中文本在一九八二年《中外文學》十一卷六期出現後，曾陸續引發中文學界的反應。陳長房認爲這是比較哲學研究，似與文學批評無關。廖炳惠在〈洞見與不見〉一文（一九八三年《中外文學》十一卷十一期），有相當嚴厲的批判，認爲奚密的文章「對莊子、德希達的差異，不加細究，便遽作論斷、類比。」而廖朝陽則在同刊十二卷四期質疑〈洞見與不見〉的理論間架的兩部分。由於這些是中文的辯論，此地就不再評述。

除了韋思靈提出的兩點，其實德希達的觀念或可與言意之辨比較異同。湯用彤《魏晉玄學論稿》大概是最早提出言意之辨與古代文論關係的課題。言意之辨指言不盡意論、得意忘言論、言盡意論三種見解。最後一項意見自然不可能比較。但前兩項則或可通過對比，增加我們原有的理解，甚或以一個中國的觀點重讀（重構）德希達，正如德希達曾以西方對中國文字的「認識」來瓦解、重解、重構他自己的傳統。

文藝社會學

西方的文藝社會學可以粗分爲三種非常不同的研究。第一種是完全實證性的，只調查統計書籍的印刷、發行和流通情況。第二種探討某個時期的物質條件與文學藝術的生產之間的關係。伊安•華特（Ian Watt）談小說租售與英國小說創作之互動（見一九五七年 *The Rise of the Novel*），阿諾德•郝賽（Arnold Hauser）談中產階級與繪畫風格之轇轕（見一九五一年 *The Social History of Art* 第二卷），都是著名的例子。第三種則和前兩種不一樣，很强調派性、傾向和立場，注重上層建築和經濟基礎的辯證關係，一般都受傳統馬克思主義或新馬克思主義的影響。以下舉兩個例子說明這個形態的研究。

夏志清的《中國現代小說史》出版後，捷克著名學者普實克（Jaroslav Prusek）在一九六二年《通報》發表了一篇立場鮮明的長評（現收入一九八〇年的 *The Lyrical and the Epic*）。夏志清對中國現代小說的評價，很受美國新批評的影響，對文字和技巧特別注重，完全不理會五〇年代大陸流行的定位（例如小說方面，魯迅之後是茅盾、老舍、巴金），也不重視小說內容的「革命性」和「社會性」。因此，在魯迅之後，夏志清特別推崇的是張愛玲、錢鍾書和沈從文，剛好是三位遲至八〇年代中葉後才在大陸「出土」的小說家；而對茅盾和巴金都頗有微詞。

普實克非常重視文學的社會功能，基本觀點很接近自瞿秋白到延安文藝座談會的左翼看法；並認爲中國的「馬克思理論工作者將新文學時期界定爲反封建和反帝的革命時期是正確的」，而夏志清未能正確認識這一點，因此「完全無法公正地評價文學在這個時期的功能和任務，正確地掌握及展示文學的歷史角色」。從這個立場出發，普實克抨擊夏志清「全書各章都未能充分把握和討論基本社會問題」，因此也就不能解釋「中國知識分子何以認爲解決中國的問題只有社會的和社會主義的革命。」普實克的立場與夏志清顯然差異鉅大，評價自然很有出入。這裏只舉幾個例子。據普實克的計算，夏著以二十七頁討論魯迅的短篇小說，三十五頁談茅盾，三十四頁談老舍，但張愛玲卻篇幅最多，共四十三頁；「解放區」和抗戰勝利後的小說發展以二十八頁「打發」，而錢鍾書的《圍城》卻獨佔二十九頁，因此夏著既「不平衡」，又「不客觀」。此外，夏著對丁玲及左翼作家「惡毒攻擊」，對「愛國的抗戰文學頗多貶語」，而對落水的周作人、滯留美國（没有共赴國難）的林語堂、淪陷區的張愛玲等，反而寬容袒護。普實克又認爲夏著「完全歪曲抗戰時期解放區及毛澤東延安文藝座談會的意識形態的問題」，「但儘管夏志清全力貶壓其重要性，解放區生活面貌的全面改變，也許是中國人民歷史上最輝煌的一頁」；「而韋君宜、王林、康濯、華山及劉白羽等解放區作家的精緻短篇小說，雖然維持抗戰前中國短篇小說的高水平，夏志清卻隻字不提。」從這幾個例子來看，普實克的觀點、標準及評價大體上非常接近五〇年代大陸對現代文學的「正統、官方」的看法。但另一方面，普實克雖然站穩「傳統馬克思主義」的立場，他對魯迅短篇小說的分析相當細膩，頗爲精彩，提供了另一個參考觀點。這是否捷克文學研究裏三、四〇年代布拉格語言學派的殘存影響，就無法確實。

美國馬克思主義文論大師詹明信（Fredric Jameson）一向特重上層建築的自主性，又强調意識形態在文學藝術創作的作用；加上其思想根源可以上溯義大利的拉比瑞奧拉（Antonio Labriola）、匈牙利的盧卡契（Georg Lukacs；臺譯盧卡奇）及德國的阿當諾（Theodor Adorno）等，唯心主義的痕跡較多，因此一度被英國馬克思文論家伊告頓（Terry Eagleton）描述爲「黑格爾的馬克思主義者」（Hegelian Marxist）。但八〇年代的詹明信在後現代主義的大型探討裏，理論架構反有回歸經濟基礎決定上層建築的傾向，將後現代主義與晚期（或後期）資本主義掛鈎（晚期資本主義指資訊上全球村落化、生活上消費掛帥、經濟上跨國互賴等特色）。詹明信當然不是倒退至機械反映論，但在生產方式(mode of production)與上層建築的辯證關係中，顯然略爲改變早年策略，加重前者分量。這在一九八四年秋《中國現代文學》半年刊(*Modern Chinese Literature*)發表的〈文學創新與生產方式〉一文尤爲顯著。

這篇文章通過英文材料討論老舍、王蒙和王文興的小說，認爲老舍的《駱駝祥子》是現實主義作品，但也有傳統敍述的成分；王蒙在八〇年代初的心理小說可以視爲現代主義；而王文興的《背海的人》則被定位爲後現代主義。儘管詹明信的討論非常細緻，對幾個會引起爭議的論點也先行辯解，但這個三分法並不見得會被臺灣小說研究者接受（例如張誦聖就一直將王文興放在西方現代主義的格局裏探討），且也引發其他理論問題。

也許我們可以就下面幾點來進一步思考：㈠歐洲三〇年代左翼文壇對現代主義的辯論裏，布萊希特(Bertolt Brecht)特別强調技巧在意識形態上的中性，認爲前衛實驗並不一定就是資產階級文藝家的專利，現實主義更非進步文藝工作者唯一的表達模式，創作技巧最好不作價值定位。㈡如果技巧在西方文藝創作也有非意識形態的可能性，亞洲地區移植自外國（或西方自中國引進）的技巧顯與生產方式並無掛鈎關連；換言之，六〇年代臺灣的現代主義文藝及八〇年代大陸王蒙及其他青年作家的嘗試，可以純是作家的主觀能動、個人意志的產品，雖可跨國考察，但不必與經濟基礎呼應。㈢英國文藝社會學者名學著雷蒙・威廉斯（Raymond Williams）曾有「殘餘的現代主義」（residual modernism）之提法，比較不執著於歷史時序的劃分，也許可以用來重探某一表達模式的不斷再生產（見一九八九年的 *The Politics of Modernism*）。㈣西方的歷史順時性的文藝術語（如現實主義先於現代主義），在中國文學的討論上，也許可以重擬，更動為本質性（essentialist）、並時性（synchronic）的名詞。

❖

一九九二年

＊本文原為一九九二年三月在中央研究院中國文哲研究所專題演講的講稿。

粉碎「紅、光、亮」

——八〇年代中國大陸攝影藝術的變革

一九四二年《在延安文藝座談會上的講話》確立文藝爲政治服務的大前提，又認定具體的服務對象是廣大人民羣衆，也就是工農兵。一九四九年後，這個框架就在國家機器的强力支援下全面落實。攝影既是藝術，但也是傳播訊息的重要工具，自然更受到「服務政治」的限制。因此，自一九四九年開始，大陸攝影界的主流就是新聞攝影，而新聞攝影又通常淪爲政治攝影，真的變成「圖解政治」。相對於文學裏英雄人物的「高、大、全」，攝影界則有「紅、光、亮」的條框；題材方面更是自限於「工、農、兵」。一九六六年「文革」爆發後，政治攝影也動輒得咎，餘下的就是江青的個人攝影活動（例如毛澤東題字的〈盧山仙人洞〉）。儘管大陸的攝影都很政治化，江青的風景照片反而沒有政治氣息。

「紅、光、亮」的消褪

一九七六年四月、丙辰清明天安門的悼念周恩來的自發羣衆集會，引發「四人幫」毫不留情的武力鎮壓。在流血和逮捕之前，一羣年輕人以簡陋的相機，拍下後來稱爲「四•五」運動的歷史鏡頭（部分照片後由北京出版社輯成《人民的悼念》）。這個突破可說是大陸攝影界再生的開始。一九七九年四月二十四日《人民日報》第四版發了一條題爲《《自然•社會•人》藝術攝影在京展出》的短訊，是大陸攝影界的正式解凍。這條新聞如下：「最近，『四月影會』在首都中山公園舉辦了自己拍攝的《自然•社會•人》藝術攝影展覽，受到觀衆的稱讚。展出照片共三百幅，內容有人物的活動、自然的風光、植物的生長、動物的習性等。拍攝者思想解放，大膽進行了攝影藝術的探討。許多照片選材新穎，構圖別緻，從生活的真實中，提煉主題，突破了以往攝影中的一些框框，別開生面，使人看了耳目一新。『四月影會』是首都一些業餘攝影愛好者組織起來的民間攝影小組，成員是年輕人。」這個影展的籌辦人之一王志平也宣佈了幾條藝術綱領：「新聞圖片不能代替攝影藝術」、「內容不等於形式」、「攝影作爲一種藝術，有它本身特有的語言」、「攝影藝術的美存在於自然的韻律之中、存在於社會的真實之中、存在於人的情趣之中」，而往往並不一定存在於「重大題材」或「長官意識」裏（見一九七九年北京四月影會《自然•社會•人》影集前言）。

儘管《人民日報》的消息相當正面，但教條派還是非常不滿。新華社總社攝影部的鍾巨治就發表〈必須堅持攝影藝術的社會主義方向〉（北京《報紙動態》簡報一九七九年六月二十日第一八六期），抨擊影展作品的題材及手法。鍾巨治首先批駁《人民日報》，認爲「多數讀者和觀衆不同意《人民日報》的消息中對這個影展的評論。」接著批判王志平的藝術觀點，指爲偏離社會主義的藝術方向，是爲藝術而藝術的「超階級」論。鍾文又强調：「祇要努力做到革命的政治內容和儘可能完美的藝術形式相統一，是一定可以出現攝影藝術的佳作。」另點名批評一些作品的具體表現：㈠「消極低沈」，「不能引導人們向前看」，例如張嵐的〈葉落歸根〉；㈡「故作傷感」，是「作者小資產階級思想感情的自我表現」，例如王萬的〈芍藥塚〉；㈢不健康的愛情題材；㈣「明顯的政治寓意」，例如王萬的〈籠裏籠外〉，「大概算是渴望『自由』之作」，但是，「分不清資本主義的民主自由和社會主義的民主自由有何根本的不同」；㈤「照搬」西方，「某些照片中祇有雜亂無章的線條及色彩繽紛的光和影，觀衆無論如何細看也看不明白，也不值得提倡。」這一點較明顯涉及攝影借鑒西方現代主義藝術非具象化風格的問題。

教條派的炮火雖然猛烈，但時代到底不同了。中國攝影家協會的龍熹祖的文章〈攝影園地的一簇報春花〉（北京《報紙動態》簡報一九七九年六月二十日第一八六期），就讚揚這個影展，還認爲「專業同志」（指協會會員）該向這些年輕人學習。當時北京相當活躍的民辦刊物都發表文章支持四月影會。《今天》雜誌第四期有鍾誠的〈《自然・社會・人》巡禮〉；北京廣播學院新聞系求實社《秋實》雜誌第二期有吳明的〈漫步「自留地」〉；中國人民大學的《勁草》雜誌第二期有李冰秋的〈藝術屬於人民〉。而對教條派最有力的反擊則是，從四月一日到二十五日的展覽，雖然要收門票（三分），共有七萬多人參觀，常有觀衆擠不動的鏡頭出現。

創作主體的肯定

四月影會的出現雖然短暫，但勇闖禁區，大膽衝擊僵化但頑强的既有攝影體制，挑戰從屬於政治的攝影原則。四月影會與「朦朧詩」、「傷痕文學」、「星星美展」大致上在時間和精神都是呼應的。就像這些文藝活動，四月影會的創舉，很快就傳播到各大城市。

在理論上，曾經拍攝丙辰清明天安門悼念的羅小韻發表論文〈攝影藝術中的自我〉（見一九八一年中國攝影家協會編印《攝影理論年會論文稿》），率先提出攝影者的自我肯定，反過來說就是創作主體應該得到尊重。簡單地說，就是要求創作的自由、選材及手法的自主。後來的一些提法，例如主體意識的覺醒或人的意識的復甦，其實都是相同的。不過，在八〇年代初，教條還是餘毒甚深。李英杰在同一部文集就發表〈再談意體攝影中的幾個問題〉，對肯定自我有以下的反擊：「個別青年的作品，帶有强烈的自我表現，而這種自我又是那麼狹窄，那麼不易被人所理解與同情，脫離了人民，這正是由於他們思想上不成熟，社會經驗不豐富，在生活中受到挫折而流露出來的感情。」儘管這種噪音不斷，但求變求新的呼聲終於在攝影界的體制得到回應。大陸最權威的《中國攝影》雜誌在一九八一年推出「探索之窗」專欄，正式肯定新風格和新題材。而民間團體在八〇年代初更在各地湧現，上海有「北河盟攝影羣體」，陝西有「陝西攝影羣體」，南京有「星期六攝影沙龍」，廣州有「小草影社」，廈門有廈大「自由神攝影創作羣」。這些影社都排斥「題材決定論」和拒絕「工具論」（即新聞攝影與藝術攝影的等同）。八〇年代初雖有矯枉過正的彎路，即在工農兵形象淡出後，大量市民生活題材的冒現（從蒼老的人像到厠所抽菸的孩子等），但在瓦解「假、大、空」的共同努力上，也自有其貢獻。及至一九八六年四月五日，中國現代攝影沙龍在中國美術館舉辦「十年一瞬間」影展（有畫冊刊行），過去的訓導和圖解的作品已不多見，全面多元則已明確形成。

「現代派」的突破

一九八六年也是大陸「現代派」攝影的主力出擊。《現代攝影》第八期就以「純粹性視覺構造」、「觀念再現」、「新關係」爲題，集中推出三批革新作品。以谷大象、于曉洋和鄭大爲等爲主的「裂變羣體」也是在這一期的《現代攝影》廣受注意。一般而言，大陸的「現代派」和早年西方的廣義現代派攝影一樣，也是不講究明顯意義，追求畫面的純粹性。在攝影以外，大陸的「現代派」也受到西方現代主義藝術的啟發（例如「裂變羣體」的不少作品明顯呼應超現實主義的畫風）。

爲了討論的方便，以下把大陸「現代派」分成四個探索方向。第一是抽象，即完全突出點、線、面、塊、光、影、色、形在表現上的自身俱足和非具象性組合。這在西方也並不陌生；陳長芬一九八五年的〈日月〉和伍時雄一九八六年的〈形無意一號〉是兩張顯著的例子。第二是變形，指攝影對象的原形在仍可辨識的範疇扭曲或改變面貌，是設計性特强的表現手段；例如許涿一九八五年的〈畫室〉。第三是超現實，指攝影畫面細節雖仍具象，但整體效果已超越日常認知的界限，手法均爲分解、重組和拼貼；例如于曉洋一九八六年的〈白晝之夢〉和高大鵬一九八八年的〈作品十一號〉。第四是電腦攝影，利用電腦這個新科技在圖案組合的高度隨意和極大自由來從事創作，有胡國欽和李星一九八八年合作的〈探尋・永恆・回歸・構築〉。

從以上的介紹來看，「現代派」是相當明顯的橫的移植，是西方現代主義攝影的大陸版，因此也遇到大陸其他「現代派」文藝作品曾遭到的詰難：盲目模倣西方、與國情不符、觀衆無法欣賞之類。這些批評當然不是毫無道理。但在八〇年的代大陸攝影界，「現代派」仍然是少數攝影者的嘗試，因此雖然未能擺脫借鑒階段，在藝術觀念的革新上，仍有其特殊意義。

尋根派的探求

相對於「現代派」的西潮，大陸「尋根派」攝影則以鏡頭對準獨特的地域風情和鄉土民俗，重新關懷古老的中國，讓觀閱者看到與現代社會截然不同的另一個世界。攝影的尋根源自一九七九年王志平和王茵合作的四百多幅作品組成的〈西部中國漫遊〉（部份及說明見一九八五年《現代攝影》第三期）。這個系列開拓出攝影界的新天地，一時間西北西南的荒山僻野滿佈攝影者的足印。在尋根攝影中特別有名是于德水、余海波和大部份的「陝西羣體」作者。他們以黑白攝影來創作，與中國落後地區的單色調在形式上是呼應的。而于德水和余海波都著墨於人與土地的關係（如前者一九八六年刊出的〈大河萬歲〉和後者一九八六年的〈遠古的夢〉），避開風景攝影的老套。

如果文學裏的尋根小說是對「中國」這個觀念的重新思考，尋根攝影則以具體形象參與這場思考。但攝影到底不是文字，在喚起反省方面就間接得多，祇能提示和指引，而不能訴諸文字思維。不過，直接訴諸視覺，又自有其感官上的力量，文學作品在這方面就不能相比。不過，尋根攝影到底是現代青年帶著現代器材去審視不見得熟悉的過去，蔚然成風之後，似不無西方人「獵奇」的意味。這是尋根攝影發展上的瓶頸。

畫意派的重現

尋根攝影注視的是落後的當代中國大陸，而畫意派則遁逸於古代中國的情懷。通過選材和加工，畫意派要重現的是中國傳統繪畫的一些畫面，尤其是花鳥和山水；不講求形似（光的變化）和透視法；可以大量留空和在照片題字。畫意派在中國攝影的發展，出現得相當早。劉半農在一九二七年的《半農談影》就提出以「寫意」或「意境」來做非模擬的藝術攝影的區別特色。

劉半農去世甚早，但傳統畫意派一直是所謂「民族風格」的主要探索路線。郎靜山是這方面最著名的實踐者。一九三四年就以他稱爲集錦攝影的〈春樹奇峯〉入選英國攝影沙龍；至一九四八年已入選三百多處國際攝影沙龍；一九八〇年紐約攝影學會評選爲世界十大攝影名家。中國畫意攝影雖令郎靜山在世界影壇獨樹一幟，但這是一條很狹窄封閉的道路，後來的模倣者很難另創新局。所謂民族風格或中國路線的摸索固然重要，但在畫意派出現後的大半個世紀，重走這條老路肯定無法開拓新領域。

「新紀實」的可能

在唯美的畫意派作品是完全看不到一般所說的「時代氣息」和社會現實。歷史很長的紀實攝影則剛好相反。紀實攝影不能等同新聞攝影；後者有工作任務和目的，前者是作者想拍的主動結果。紀實攝影可以粗分爲兩個方向：一個是在歷史現象、生活方式和民族風貌消失前記錄下來，留爲形象素材。英人約翰•湯姆遜(John Thomson)一八七三年和七四年出版的四大卷《中國與中國人影集》(*Illustrations of China and Its People*)，是中國讀者比較熟悉的例子。另一是隨機、不加工地記錄社會某一時刻裏人與事的面貌，多側重社會陰暗面，例如美國的傑克布•里斯(Jacob Riis)和路易斯•海因(Lewis Hine)。

大陸影界的少數民族風情可以視爲上述的第一個方向。第二個方向也曾間斷出現。這個方向在討論上必須更動爲「新紀實」，因爲過去大陸的紀實攝影其實是「假、大、空」，是不盡不實，更談不上社會批評。大陸的「新紀實」也誕生於丙辰清明天安門悼念活動的攝影記錄。羅小韻和王立平曾經廣傳海外的〈懷念周總理、痛斥四人幫〉及〈伸向演説者的手〉(一九七六年),冒險「抓拍」(相對於過去的「擺拍」)一個重大的歷史時刻。而李曉斌一九七七年的〈上訪者〉更是有力捕捉住經濟的貧乏(破外衣)、政治的扭曲(個人崇拜)和制度的缺點(上京伸冤)等幾個重要課題;單就畫面形象而言,已是大陸影壇前所未見的突破。一九八八年一月《大衆攝影》雜誌開闢「紀實攝影」欄目,推出了「住房問題」等專輯,本應是「新紀實」的進一步推廣;但到了一九八九年六月後,也就不免光消影失,再次回到「假、大、空」。

結語

總的來看，八〇年代中國大陸攝影界的發展非常蓬勃。攝影創作活躍多元；本國攝影史研究全面開展（一九八七年出版胡志川和馬運增編著的《中國攝影史》）；對外交流相當頻密；攝影專業不斷壯大（一九八七年中國攝影家協會會員增至二千七百多人）；攝影教育逐步成長（一九八六年後有遼寧魯迅藝術學院攝影系和中國人民大學第一分校四年制攝影本科的成立），可說是以十年左右的時間補回過去一大片空白。

❖

一九九二年

*本文原爲一九九二年六月中華民國比較文學學會主辦「西方思潮在中國大陸學術研討會」論文。

輯五

當代世界短篇小說鳥瞰

第二次世界大戰後，歐洲戰場的殺戮和納粹黨的「猶太集中營」，迫使不少作家在各種文學體裁裏，反芻這場夢魘。小說中較突出的有德國漢力希・波爾（Heinrich Böll, 1917–1985）的短篇集《火車是準時的》（一九四九年），義大利伊塔洛・卡爾維諾（Italo Calvino, 1923–1985）的長篇《蛛巢小徑》和短篇集《最後飛來的是烏鴉》（一九四九年），法國西蒙・德・波娃（Simone de Beauvoir, 1908–1986）的長篇《他人之血》（一九四五年），波蘭布若夫斯基（Tadeusz Borowski, 1922–1951）的短篇集《再見，瑪麗亞》和《頑石世界》（均爲一九四八年），蘇聯涅克拉索夫（Victor Nekrasov）的中篇《在斯大林格勒戰壕裏》等。

布若夫斯基和涅克拉索夫都是戰爭的受害人。但他們對集中營的末日世界和慘烈的防禦戰事，都沒有正面鞭撻，而著墨於心理變化、生活細節、局部氣氛，企圖通過比較間接的手法，探討極端處境中的基本人性。相形之下，屬於侵略者的波爾的短篇小說，反倒回歸「批判現實主義」的道路，直接渲染戰爭的殘暴。波爾曾經說過：「祇要還有一個傷口在流血，戰爭就還未過去。」（波爾作品見袁則難與隱地合編之爾雅版《偶遇——當代世界短篇小說選第一集》）

二次大戰前的德國，短篇是比較冷門的形式。但這個文體在戰後卻特別發達。對這個現象，當代德國作家漢思•卞德（Hans Bender）曾經這樣解釋：「在這個大災難之後，德國文學需要以短篇小說來做全新的起點。再者，隨著我們的征服者而來的也是短篇小說。在第一批獲准發行的書刊，就夾雜不少英美短篇小說。」有些論者甚至認爲，短篇小說是盟軍帶給德國文學的意外禮物。

至於「批判現實主義」在戰後初期的風行，自有其歷史因素。在十多年的納粹統治下，小說都要表揚「血與國家」的精神，必須「健康」和「堅强」。這種虛假的「超人」文學，作家自然都很反感。因此，一九四七年成立的文學團體「四七社」（Gruppe

47），就曾發起「清掃」運動，倡議題材的真實和語言的樸素。波爾和博歇特（Wolfgang Borchert, 1921-1947）戰後初期的短篇小說，都很能反映這個時期的創作路線和心態。

然而自一九一五年卡夫卡的《變形記》出版以來，德語小說（包括奧地利、瑞士、盧森堡）就開創出一個幻想結合現實的敘述模式。在這類作品裏，情節和人物往往異乎尋常及荒誕乖謬；但這種「違反現實」之處，小說的描繪卻冷靜、客觀和寫實，彷彿是日常生活最理所當然的。這種以現實性來框架荒謬性（或幻想）的作風，三〇年代由卡內提（Elias Canetti）秉承，並曾影響阿根廷作家博赫斯（Jorge Luis Borges, 1899-1986）。

這個敘述傳統在戰後初期一度式微，淹沒於反戰的「批判現實主義」浪潮；要等到五〇年代奧地利女作家艾興格（Ilse Aichinger）的出現，才再度光芒四射。屢獲德語地區文學大獎的艾興格以短篇小說見知於世，最有名的兩個短篇之一〈被綁的人〉雖流露强烈的個人抒情風格，但也有卡夫卡的影子。收在《偶遇——當代世界短篇小說選第一集》的〈一個世界的終結〉，作者希迪斯海瑪雖是「四七社」成員，但該則短篇也重拾幻想揉混現實的表現手法。

戰後義大利小說的發展，與德國頗爲相似。「新現實主義」的興起，與戰前現代主義的前衛試驗針鋒相對，而主要作家的題材亦都來自法西斯戰爭時期。一九四七年莫拉維亞(Alberto Moravia)以戰爭背景的《羅馬一婦人》重振聲威。同年卡爾維諾亦以描寫游擊隊活動的《蛛巢小徑》一舉成名。「新現實主義」統治義大利小說界十多年，直至一九五九年莫拉維亞的短篇集《羅馬故事新編》，仍然秉持這個路線，刻劃小人物在底層求生的掙扎；而卡爾維諾在成名後一度被劃入這個流派。然而，早在一九四九年的短篇集《最後飛來的是烏鴉》，卡爾維諾即已力求突破「新現實主義」的桎梏。其中一些以反法西斯游擊隊抵抗活動爲題材的短篇，時空不明，脈絡含混，構成意義曖昧的效果(例如收入《偶遇》的〈洞中男子〉)。及至一九五二年，卡爾維諾同時發表短篇〈阿根廷螞蟻〉和中篇《分成兩半的子爵》，將客觀現實「寓言化」、「怪誕化」和「幻想化」，成爲當時義大利小說界最富實驗性的先驅。

在「新現實主義」日益衰落時，詩人、小說家、電影導演帕索里尼(Pier Paolo Pasolini, 1922–1975)出版長篇小說《生命之子》(一九五五年)，暴露羅馬青少年生活的陰暗面，因此也被納入「新現實主義」流派。今日回顧，其實當時帕索里尼的短篇小說，在形式與語言方面，都頗富實驗性(題材也相當大膽)；他這方面的嘗試，要比長篇小說更為前瞻，可惜未為同輩賞識。帕索里尼在詩和短篇小說領域倡議的實驗主義，要到一九六三年才有迴響。在這一年，一羣小說家和詩人發表宣言，排斥文學反映現實的功能，強調為藝術而藝術，與早年的義大利現代主義遙相呼應，號稱「六三集團」(Gruppo 63)，論者又稱為「新現代派」或「新前衛派」。但到了一九六八年，在學生運動和社會運動的衝擊中，這個流派完全瓦解。

「六三集團」的一些小說，曾刻意倣效法國的「新小說派」。這一派反對傳統小說，堅決要摒棄以巴爾札克為代表的現實主義傳統。雖然各人風格相當迥異，手法也甚有差別，但論者多以阿蘭・霍布格里葉(Alain Robbe-Grillet)、納塔麗・沙侯特(Nathalie Sarraute)、米歇・布托(Michel Butor)、克勞代・西蒙(Claude Simon)和其實比較外圍的瑪格麗特・莒哈絲(Marguerite Duras)等，為「新小說派」代表。一般而言，霍布格里葉傾向於極度客觀、甚至繁瑣的純粹外在描寫，人物面貌模糊不清。沙侯特喜歡採用近乎內心獨白的手法，呈現意識或感覺初生時的原形狀態。布托不時將人物放在特定的一段時空，將人物的思想、感覺、語言和內在狀態渾然揉合。西蒙以文體的實驗取勝，純現在式的敘述時態，加上長江大河般不用標點符號的連貫句子，固然構成閱讀上的挑戰，但在展示流動經驗和心靈時間方面，堪稱前衛小說運動的最後衝刺。莒哈絲較爲接近這個流派的作品，都盡力壓抑情節，文字極爲平淡直接，以人物的內心起伏爲焦點（莒哈絲的小說見《偶遇》）。

莒哈絲以中篇見勝。西蒙和布托都一貫使用長篇的形式。倒是霍布格里葉和沙候特的短篇各有特色。前者的短篇完全是外界景物（偶然也有些對話和動作）的純粹客觀記錄；這種沒有情節、近乎「非人化」的短篇，依據傳統的欣賞觀點，可說是相當散文化。沙候特剛好相反，完全集中於下意識的剎那間狀態，是極端的「內在化」。因此，名義上是同一流派，但兩位小說家的短篇卻一「外」一「內」，大異其趣。

法國「新小說派」的重要作品都是形式、技巧或文字的實驗，與政治和歷史層面幾乎完全沒有關連。捷克、匈牙利、波蘭等東歐三國（其實在地理及文化角度上都要算是「中歐」）的小說剛好相反。在官方「御准」的小說，人物和情節往往淪爲政治圖解，不是宣揚政策，就是提昇「革命」精神（這類作品西方向不譯介，此處的印象是從前流覽大陸中譯所得，或許會有偏差）。但對於才華橫溢的作家，政治枷鎖有時適得其反，構成另一種挑戰。例如捷克的昆德拉（Milan Kundera）在一九六三年至六八年的短篇小說

（後結集爲《可笑的愛情》），雖然還在摸索階段，已經能夠在藝術與意識形態之間，作出微妙的平衡。一些作品表面上是探討所謂有共通性、宇宙性的主題，或是深掘所謂永恆的人性，但是政治問題或現實困境，往往通過完全不涉及政治現實的情節，隱晦地、喻意地流露出來。個別作品雖然時空不明、背景含混（如〈順風車遊戲〉），閱讀空間因而擴大，但其特定的批判性，卻又若隱若現，反倒增添不少弦外之音。

時空不明、背景含混也是匈牙利小說家喬治•康拉德（George Konrad）的一大特色。他在一九六九年出版的長篇小說《檔案工作者》，讀罷第一章，讀者對故事的時間和地點，都還弄不清楚；因此，小說本身的針對性突然變成象徵性，令到政府的審查人員無法確認其「罪名」。這種佈局無疑是對抗審查制度的寫作策略。然而，弔詭的是，這個特色也和卡夫卡的一些作品（例如《審判》和《城堡》）遙相呼應。匈牙利另有一些短篇小說，專走「黑色幽默」路線，通過狀似輕鬆嘻笑的簡短情節，發洩無奈的情緒，表達憤懣的嘲諷，珥肯納（Istvan Orkeny, 1912–1979）即箇中高手。捷克的華朱力克（Ludvik Vaculik）曾以他與文化審查官長期周旋的經驗寫下好些短篇，也是東歐「黑色幽默」的另一名家。

波蘭一九五六年的示威暴動後，葛慕加登臺改組，反倒在經濟路線及文化政策上「放寬」。小說方面，「寬鬆」的結果是形式實驗和題材多元。一時間法國的前衛流派和存在主義都成為時尚，自一九四九年以來强制執行的「社會主義現實主義」頓失市場，成為笑柄。康維茨基（Tadeusz Konwicki）是這個浪潮中最為突出的；情節架構多重、時間混雜交錯、經驗近乎夢魘，都成為他的作品特色。在這段「寬鬆」期，短篇小說有兩個突破：一是小說的散文化（非情節化），二是寓言化。題材方面不論是長篇或短篇，好些作家都重新考察波蘭二次大戰期間的抗德經驗，並藉此間接引領讀者對蘇聯霸權的反思。不過，對二次大戰期間建於波蘭奧西威茲猶太集中營的末日經驗，布若夫斯基（波蘭猶裔）在四〇年代的兩本短篇小說集，恐怕至今無出其右，不但是波蘭小說的重大成就，也是當代歐洲小說罕見的傑作。

自二次大戰結束至斯大林在一九五三年去世為止，「社會主義現實主義」這個在三〇年代提出的創作綱領，逐步僵化和教條化，形成所謂「無衝突論」；也就是說，由於社會主義國家消滅「階級剝削」和種種不合理的現象，現實生活裏再也沒有什麼矛盾；在形勢一片「大好」和「光明」之下，文學作品祇能反映「好」和「更好」之間的矛盾；而人物的刻劃，也不能夠停留在「正面人物」，要進一步大樹特樹「理想人物」。斯大林死後，愛倫堡（I. G. Erenburg, 1891-1967）在一九五四年發表的中篇小說《解凍》，藝術上雖無甚足觀，但衝破一些政治禁忌，成爲文學界復甦的先聲。後來英美學界將一九五四年至一九六六年稱爲蘇聯文學的「解凍時期」，即起源於此。（這個名稱和看法，蘇聯評論界是否認的）。

　　這個時期的蘇聯理論界，也開始批評「無衝突論」的粉飾現實，努力爲文藝「鬆綁」，倡議「寫小人物」、「非英雄化」、「寫真實」（即干預生活、暴露黑暗面）、「表現自我」等論點，終在七〇年代初，匯集爲一個共識，承認社會主義現實主義也可以是「開放體系」。這些局部自由化的觀點，在長篇、中篇和短篇小說的範疇，都有具體的落實。例如索忍尼辛（Aleksandr Solzhenitsyn）、雅申（Aleksandr Yashin）、阿勃拉莫夫（Fyodor Abramov）的農村小說，展現出來的世界就不再是「光明普照大地」（這是巴巴耶夫斯基一部小說的名字）。而巴克蘭諾夫（Grigory Baklanov）和涅克拉索夫等軍事文學作家，重開二次世界大戰的戰場，特重戰爭中人性的表現，强調戰爭的殘忍。（涅克拉索夫在一九七二年因支持索忍尼辛和沙卡諾夫，被開除出黨，一九七五年流亡法國）。

涅克拉索夫在一九六一年發表的中篇《基拉•格奧基耶夫娜》，走心理小說路線，並觸及斯大林的集中營問題。這部書雖引起不少爭議，但震撼力遠不及一九六二年赫魯雪夫親自批准發表的索忍尼辛中篇《集中營的一天》。這些集中營小說揭露的是歷史的陰暗面。另有一些作家則將其道德視野專注於當代蘇聯社會的反面現象。例如以細緻心理刻劃馳名的特里豐諾夫（Yury Trifonov, 1925–1981）就以中立客觀的敘述角度，展現日常生活裏的惡勢力、利益衝突、狹隘偏見；他的主角更不是「高大光明」的英雄人物，而是得與日常生活掙扎的小市民。一九六九年的短篇小說集《大檐帽》和同年的中篇《交換》，都是這條創作路線的代表作。在七○年代末期，由於其他傑出蘇聯作家紛紛流亡國外，有些英美評論家甚至認爲，特里豐諾夫是當代蘇聯小說界唯一留在國內的大家。特里豐諾夫之外，另一位在六○年代崛起的小說家是一九八○年流亡美國的阿克肖諾夫（Vasily Aksyonov）。一九六一年的《帶星星的火車票》，以同情的態度描繪莫斯科中學生「尋找自我」的啟蒙過程，翌年英譯出版後被譽爲「蘇聯的沙林傑」。阿克肖諾夫在蘇聯時出版的幾部短篇小說集，都以捕捉日常口語和情節充滿動感見稱。

相對於蘇聯作家，美國作家在創作形式與內容的選擇上，就自由得多。即使在戈巴契夫高呼「開放」的時期，如果小說題材敏感（例如斯大林的血腥鎮壓），還是會引起不少爭議。至於蘇軍在阿富汗的作戰，更是文學禁區。詭異的是，創作自由不見得就會促使作家探討爭議性的題材。單就短篇小說而言，當前美國比較年輕的一代，視野幾乎都局限在郊區住宅生活圈，人物幾乎清一色是專業中產階級。針對晚近的美國短篇小說（如 Jayne Anne Phillips, Raymond Carver, Frederick Barthelme, Ann Beattie），專研後現代文化的評論家紐曼(Charles Newman)指出：「在我們的文學發展史上，失控感、個人自主的失落和普遍的無助無力，從未如此顯著。這些作品用最平板的修辭來呈現最平板的景物裏，最平板的人物。」紐曼甚至認爲這是文化重心失落的折射。也許紐曼的批評，過度拔高小說與文化的聯繫；然而，這些小說世界的封閉性，從選材上不難窺見（此處絕無「主題先行」的意思）。長期主持奧亨利獎年度短篇小說集的威廉•阿伯拉罕斯（William Abrahams），八〇年代初編選一部十年得獎作的回顧時，就發現七〇年代十部年度選集裏，竟然沒有一則短篇是涉及越戰對美國社會的震撼。這也許祇是巧合；也許經驗還太新鮮，尚未到反芻的時候；不過，也許就像法國理論家馬夏瑞（Pierre

Macherey)所說，文學作品沉默之處也可以是意義豐饒的，因爲意識形態的運作往往是無形的、不自覺的。

紐曼討論的小說家成名較晚。早一輩的齊佛(John Cheever, 1912–1982)和厄普戴克(John Updike)，其實是中產階級小說的先驅（前者的天地要比後者狹窄）；但他們的虛構世界往往還流露一種信心和執著。這也許是五〇年代美國社會樂觀進取精神的殘餘。在手法上，他們也和更老一輩的短篇小說家不同（如約翰•奧哈拉 John O'Hara），謹守現實主義傳統之餘，結局傾向「開放」，經驗不再是完整圓融，而可以是分離破碎的（厄普戴克的短篇見《偶遇》）。另一位擅長塑造中產階級專業人物的短篇小說家歐慈(Joyce Carol Oates)，卻極難歸類。她的天地異常廣闊，人物品流複雜，文類和立場多樣（從犯罪小說到女性主義）。不過，歐慈的變化萬千也許和產量有關，她出生於一九三八年，但發表了約三百則短篇和二十六部長篇（另有詩、戲劇、評論集多種）。

與齊佛和厄普戴克算是同輩的，還有猶裔小說家貝婁(Saul Bellow)、羅斯(Philip Roth)、馬拉穆德(Bernard Malamud, 1914–1986)。這三位作家所處理的，幾乎清一色都是美國猶太人的經驗。貝婁和羅斯的人物多爲中上階層，馬拉穆德則傾向於小人物。一般而言，他們小說的價值觀和道德感都比較鮮明（羅斯的一些長篇則相當中性）；這也許和猶太人的苦難和美國社會過去的反猶情緒有關。馬拉穆德的小說尤其如此。他早期作品反覆探討善與惡、罪與罰的問題，經常令人想起不少舊俄鉅作。這三位作家的內容，使他們的形式也大體上規限於現實主義的敍述方法。就技巧而言，他們談不上什麼突破。在這方面，巴霍米（Donald Barthelme）、加斯（William Gass）和達文博特（Guy Davenport）的短篇小說，可視爲前衛派對傳統敍述模式的反動。

對不少外國讀者來說，「南方哥特派」（Southern Gothic）也許是當代美國有特色的作品，因爲這個流派的地域色彩和獨特內容，卓然自成一格。「哥特」這個術語，泛指內容的可怖、怪誕，甚至殘酷。女作家佛蘭納利•歐康諾（Flannery O'Connor, 1925–1964）和卡森•麥克勒絲（Carson McCullers, 1917–1967），都是「南方哥特派」的代表人物；而在不同程度上，她們的封閉的南方世界，都與角色的精神孤寂，溶合一體。當然，南方作家並不盡是「哥特派」。畢生致力短篇小說創作的彼德•泰勒（Peter Taylor，一九一九年出生，但到八六年才出版一本長篇），就以典雅舒緩的文筆，舊南方逐步崩潰的社會背景，低唱名門望族的輓歌。同樣，田納西•威廉斯（Tennessee Williams, 1911–1983）戲劇裏的南方社會，也不時在短篇小說裏預演和變奏。威廉斯的短篇小說量多且雜，但披沙瀝金，亦時見佳構。有一篇〈黑人按摩師〉，背景雖然不是南方，但襲用「哥特派」手法，極見功力。

當代美國短篇小說雖談不上質量相稱，但起碼風格多樣，流派複雜。相形之下，英國就頗爲凋落。五〇年代崛起的「憤怒青年」作家，都以內容的社會批判性見稱，小說形式無甚創新。稍後的前衛實驗，如布魯克露斯（Christine Brooke-Rose）的長篇，雖在本國別樹一幟，但與貝克特（Samuel Beckett）及法國的「新小說」相比，又瞠乎其後。倒是在傳統寫實與前衛實驗之間摸索的長篇小說家浮爾思（John Fowles），從《捕蝶人》到《法國中尉的女人》，敍述模式駕馭自如，頗有大家風範。至於威廉•高定（William Golding）的「寓言性」長篇，和專門刻劃專業人士的摩多克（Iris Murdoch）的長篇，雖然力圖探討現代人的道德倫理困境，但今日重看他們的代表作，似都名大於實。上述這些小說家都專擅長篇。真正在短篇小說方面尚有建樹的，反而是一九〇〇年出生的老作家普里契特（V. S. Pritchett），生活裏的驚鴻一瞥，偶發的小事件，通過普里契特洗鍊的文筆和細緻的經營，平淡中餘音不斷，是傳統派的高手。美國著名評論家艾文•豪爾（Irving

Howe)就很推崇普里契特的一些短篇，認爲是「我們這時代最出色的社會喜劇」。

英國的當代短篇小說雖已日薄崦嵫，但大不列顛到底是老牌帝國主義，還能將生機旺盛的亞、非、拉三大洲的英語小說，劃入「大英國協」的文學範疇。英國最顯赫的卜克小說獎，近十年來的得主，大都來自帝國往昔的領土。而企鵝版《英國文學史》的當代卷（第八集），也老實不客氣，將這些作家再度納入版圖。例如奈及利亞的阿契比(Chinua Achebe)、南非的葛蒂瑪(Nadine Gordimer)、原籍舊稱「羅德西亞」的朵麗絲•萊辛(Doris Lessing)、印度的納拉揚(R. K. Narayan)、澳洲的懷特(Patrick White)、千里達的奈波(V. S. Naipaul)，不論長短篇小說，都是國際馳名的大家。當然，澳洲與南非的白人殖民經驗，與印度及奈及利亞相比，是迥異不同的。但即使對懷特和葛蒂瑪來說，如何爲自己的身分和社會定位，如何使英語和自己的地域特性配合，答案也不是唾手可得。而對被迫將英語奉爲「國語」的新興獨立國家，問題自然更爲複雜。

在某些西方評論家眼中，澳洲英語、南非英語、印度英語、奈及利亞英語，都是所謂「英語大家庭」，使到原來宗主國的語言更爲繽紛繁富；又認爲優秀的文學作品，必然是「超越地域性」、「探討不變的人性」，因此後殖民主義時期湧現的英語作家和作品，大可不必介懷於這個語言的歷史包袱和舊日的主從關係。但對非白人作家而言，問題就不是這麼簡單。如何用英語來呈現當地社會的風情、捕捉日常生活語言的殊性，是一個挑戰；如何用往昔宗主國的語言來建立國族文學的身分和傳統，則是更大的挑戰。阿契比就認爲，在民族語言多達百種的奈及利亞，用英語創作衹是無可奈何的權宜之策，但作家的視境「必然得是本土的」。他對西方評論家動輒以「世界性」、「永恆人性」來分析非洲黑人作品，尤其不滿，斥爲「狹隘、自以爲是的歐洲中心心態」，並藉此抹殺這些作品的尖銳性和批判性。

另一位奈及利亞詩人及劇戲家索因卡(Wole Soyinka)，則呼籲黑色非洲共同採用班圖語，並設立翻譯機關，將各種作品譯成這個語言。但索因卡又認爲，由於英語仍是不少非洲人民的共同語言，在很長的一段時間，繼續運用英語來創作和溝通，還是無法避免的困境，但作家大可不必因爲這是殖民主義的語言，而有「背叛民族根源」的罪惡感。索因卡的作品植根於優羅巴族的神話和口頭文學傳統。自己也不時用英語譯介優羅巴語作品，但他這個比較折衷溫和的立場，頗不見容於民族主義特强的作家和批評家，因此屢受攻擊，被責爲「崇歐媚外」。在這些作家裏，立場特別鮮明的有肯雅的吳古吉

(Ngugi wa Thiong'o)。吳古吉在戲劇、長篇、短篇、評論各方面都有建樹，是非洲英語文學另一名家。但一九七七年出版長篇小說《血之花瓣》時，宣佈自此放棄英語創作，改用肯雅的季固游語；他用這個語言寫下兩本長篇、兩部戲劇、三册兒童文學和一些短篇。但同時繼續用英語發表了三本評論，與英語知識份子對話。及至一九八六年出版《心靈的非殖民化：非洲文學的語言政治》，則更進一步，聲稱今後完全不再用英語寫作，但希望通過翻譯，保持溝通和對話。在這之前，吳古吉曾英譯自己用季固游語創作的一部長篇和一齣戲劇；但這種做法，又有點接近雙語創作。吳古吉的領頭示範，對今後非洲文學的發展有何影響，現在當然無法預估。但從他的創作歷程，不難窺見非洲文學在後殖民主義時期的掙扎和困境。

拉丁美洲文壇也曾面對類似的困境。而到了六〇年代，長短篇小說都奇才湧現，佳作如林，成爲歐美文壇最矚目的新潮。但這個鋒頭也引發出拉丁美洲文壇的一場大論戰。爭辯的核心是：拉丁美洲作家應該紮根本土，抑或走向世界，也就是「縱向尋根」與「橫向移植」的老問題。論戰雙方的代表人物都是當代名家。「本土派」的發言人是秘魯「土著主義」小說家阿格達斯(José Maria Arguedas, 1911–1969)；他的作品走「批判現實主義」路線，對印第安民族的悲慘命運備極關懷，並將土著語言融入西班牙語，鄉土氣息濃郁。「國際派」的發言人是自一九五一年就定居巴黎的阿根廷小說家葛塔薩(Julio Cortazar, 1914–1984)；他的代表作《踢石戲》（一九六三年）完全拋棄傳統小說結構，代以讀者得前後跳動的遊戲式組合，是拉丁美洲最接近歐洲前衛實驗作風的小說。由於論戰甚爲激烈，拉丁美洲文壇大老、智利詩人聶魯達(Pablo Neruda, 1904–1973)最後祇好出面平息戰火。他認爲這個老問題是不可能有簡單的答案，作家植根本土之餘，也要放眼世界，而技巧的實驗性與內容的批判性是可以互不相悖，兼容並蓄。

聶魯達的說法並不是「和稀泥」，因爲這兩派之間的魔幻現實主義，正是技巧探索與干預生活的融合。魔幻現實主義既吸收歐美現代主義的技巧，又承繼本土的傳說和民俗；其「乖離常理」的表現手法，容許作家在極權禁制下，針砭時弊，折射社會陰暗面。加西亞•馬奎斯(Gabriel García Márquez)和安赫爾•阿斯杜里亞斯(Miguel Angel Asturias, 1899–1974)的一些長篇和短篇，都包含這些特色。即使僅屬「魔幻現實」邊緣的博赫斯，偶然也有一兩則極短篇，迂迴介入庇隆時期的阿根廷現實。

在五〇年代，有些英美書評人認爲長篇小說已經進入彌留狀態，一時間「小說死也未」成爲熱門話題。再過一陣子，又有人説，短篇小説也岌岌可危，因爲作家都在努力復甦長篇巨構。現在回顧，這些論調其實都是「英美中心」作祟，因爲在非洲、拉丁美洲、亞洲和歐洲部分國家，不但長篇小説依然健旺，短篇小説更是生氣蓬勃。

❖

一九八七年

後記

由於個人涉獵的局限，有些國家（例如日本和北歐）就無法顧及。此外，部分地區（例如非洲和拉丁美洲）的小説發展，與歷史性及本質性的大問題息息相關，個別作家的風貌就不及細論。最後，因爲本文僅屬一般性介紹，對作家的文體風格，無法個別抽樣詳析，祇好乞援於比較主觀和籠統的描述。

*本文原爲爾雅版《鏡子的故事——當代世界短篇小説選》第二集序言。

極短篇的文類考察

極短篇或小小說，本來是英文「short short story」的中譯。羅拔持・沙博德和詹姆士・湯馬斯（Robert Shapard and James Thomas）合編的美國極短篇選（一九八六年出版），則用《*Sudden Fiction*》爲題，極短篇反成副題（*American Short-Short Stories*）。假如正題譯作「突發小說」或「瞬間小說」，英文的「sudden」只是標誌突發和瞬間（或剎那）兩種特質，雖與極短篇有關，但仍未能解決這個文類常遇到的問題，也就是字數的多寡。兩位編者與四十多位入選作家通信問卷的結果是，有些作家力主英文一千字應爲上限，另一些則覺得二千字有時候也不夠。兩位編者的折衷是一千五百字。但這個標準到一九八九年的諾頓版《國際瞬間小說六十篇》（仍由沙博德和湯馬斯合編），又不時略爲上漲，變成二千字左右。一九八二年艾文・豪爾（Irving Howe）與夫人 Ilana Wiener Howe 合編的《短短篇・最短的故事選》（*Short Short: An Anthology of the Shortest Stories*），也提出一千五百字爲一般準則，但上限則升至二千五百字。豪爾夫婦的理由是，他們心目中的極短篇與一般的短篇並無重大差異，只是各方面較爲省略、集中或濃縮。（但英文或西歐語言譯成中文後，一般會增加字數百分之十至十五。而根據英譯二十多種中國現代小說的葛浩文教授的經驗，中文變成英文後會起碼少掉四分之一字數。因此，美國選家的字數不見得就能直接落實於中文選本或中文譯本。例如入選兩本極短篇集的加西亞・馬奎斯的〈老樣子的一天〉，中譯本都超過一千五百字的標準。）

另一方面，字數並不是規劃極短篇的唯一準則。匈牙利小說家伊斯萬・珥肯納就以閱讀時間來界定極短篇，稱自己的作品爲「一分鐘小說」。而美國的《北美雜誌》也曾刊行一輯「四分鐘小說」。阿根廷小說家安力奇・安德遜—般貝特曾創作大量稱爲「casos」的「迷你故事」，來捕捉「一個詩的直覺、一件有趣的事或一個衝突」。這些故事長短不一，不少平均兩、三頁，且有情節逆轉的意外結局，另一些則僅有數百字，還有若干更短至數十字。因此安德遜—般貝特是以題材的單一焦點爲區分。在討論安德逐一般貝特的極短篇時，評論家約翰•格拉克（John Gerlach）指出，極短篇的故事性並不完全依賴情節或完整的人物刻劃及背景描寫，而是看有限字數構築的世界，能否挑逗讀者往人物及動機等故事元素上去思考和補白。

而在東方，日本的掌篇小說或掌中小說，顧名思義，是短度的比喻性規範，接近中國大陸八〇年代微型小說的稱呼。但這兩種比喻性提法都相當含糊，沒有嚴格的字數或內文創作的準則。然而，如果單憑字數來規範極短篇，又嫌太過機械化，因此某種內在元素似不能不略爲顧及。美國小說學者諾門•費列曼（Norman Friedman）認爲，短篇小說的「情節」可以是靜態的，就是一場、一景或一個事件段落；也可以是動態的，亦即多場、多景及多個事件段落的因果結合，主要人物可以歷經不同心境，有某種行爲、精神面貌或生命上的改變。但大體而言，如果越爲省略性的靜態，則字數應會越少。依據這個道理來推衍，極短篇應該是最靜態的；而因果性也應是最低或不存在的。費列曼和格拉克二人的觀點應可互相補充，作爲極短篇之內在分析的基礎。（當然，在現代小說裏，長篇小說的「情節」也有異常靜態的，例如維珍尼亞•吳爾夫的《達魯威夫人》，但這是現代小說前衛實驗的特例。）

極短篇在美國的興起及流傳，作家詹姆士•何爾(James Hall)曾就物質及生產條件來解釋。他認爲十九世紀末滾筒印刷機的出現，促成報紙及雜誌的大量發行，而報紙的有限空間及雜誌的廣告穿插，使極短篇廣受編輯歡迎。但另一方面，「由於當時這個形式植根於普及文化，其企圖就只是娛樂讀者。當時這個文類相當新聞化的語言，是常見的弱點。篇幅短小加上語言單薄，不免排拒對人生本質的深刻透視——而比較深入的剖析卻是小說的價值所繫。即連奧•亨利的短篇小說，雖以出人意表的逆轉結局在藝術上有所突破，但也未能克服這個形式的先天性及成規性的局限。」但此說未免太過偏重經濟基礎的生產條件。當然，早年英國長篇小說的崛起、內容的轉變，甚至作品的長度，都和中產階級的形成及後來租書業的興旺息息相關；亦早已成爲文學研究者的常識。然而，物質生產條件決定論有時似較忽略作家的個人意志和藝術探求。如以歐洲小說家爲例，在俄國的長篇鉅製環繞下，契訶夫就長期緊守短篇及今人視爲極短篇的範疇；而托爾斯泰在大部頭長篇之外，也有不少短篇製作（豪爾夫婦的極短篇選集就以托翁兩則作品開卷）。

與何爾一樣，美國作家羅拔特•凱里(Robert Kelley)也特重藝術生產環境的變遷，認定極短篇是影視年代的必然產物，因爲讀者已不需及厭煩冗長的說明和描寫。這個觀點似乎漠視小說發展史上的一個規律，即體裁的長短經常並行不悖，有時甚至逆反出現。例如日本現代掌中小說是隨著川端康成和橫光利一等新感覺派在二〇年代中葉冒現，但從谷崎潤一郎的《細雪》，經三島由紀夫的《富饒之海》四部曲，到晚近村上春樹的《挪威的森林》，掌中小說反而日益消沉。而在當代小說的前衛嘗試裏，反寫實和反傳統的傾向則曾導引出一些高度約化的作品，例如法國「反小說派」的納塔麗•沙候特的內心狀態爲主的短篇集《向性》。德國小說家賴恩哈特•列陶更以一本從數十字到數百字不等的短篇集《障礙》躍登國際文壇。又如阿拉伯語小說大師納吉布•馬富茲的實驗性小說《鏡子》，以阿拉伯語的字母依次創造人物，一字一人，一人一故事，但彼此亦有互通之處；其中好些篇章都是小場景或個別人物刻劃，是以短篇和極短篇來營造長篇效果。另一方面，八〇年代的美國常被形容爲映象消費、速食文化的年代，但何以各大出版商反都致力出版長篇小說及開發這個市場（例如每年都有出版商以新人長篇爲年度賭注），而視個人短篇小說集爲書市「毒藥」？至於流行小說的市場，短篇和極短篇根本無立足之地，因爲老派的「故事」娛樂性或逃避性仍是大量讀者不斷購買的誘因。

但物質條件也確曾左右一些小說家的創作及作品的長度。在東歐共黨政權垮臺前，捷克的長篇小說家陸德維克•華朱力克就因爲查禁封鎖，改寫長僅兩、三頁打字稿的「紀實小說」，以便地下流通。波蘭的馬力克•諾瓦柯夫斯基的「戒嚴小說」系列亦以精簡短小見稱。前東德小說家漢思•謝特理斯在前西德發表的極短篇，也不得不濃縮精鍊。以上這些例子都是政治形勢和印刷條件制約下的產品，是個人創作才華的折衷，但也不乏佳作。

冷戰時期的東歐極短篇是對外在壓抑的無可奈何的反應。但也有不少可列入極短篇的西方作品，是作家特意回應一個文學類型的傳統或一個從者甚衆的文風。例如德國文學傳統裏相當旺盛的速寫（或素描）這個類型，在卡夫卡手上，情節較爲豐富，構思大多荒誕，漸成另一個體裁。歷經一九八一年諾貝爾文學獎得主卡內提（《耳聞證人》）及當代的烏夫崗•希迪斯海瑪、賴恩哈特•列陶、漢思•布克等人的秉承發展，這個模式的短篇和極短篇在現代德語小說傳統早已自成一格。而拉丁美洲現代小說的發展上，先有阿根廷的豪赫•博赫斯及西維娜•奧坎波的吸收法國超現實主義，開創虛幻怪異的短章；這種幻想後來又與古印第安的神話民俗及拉丁美洲的社會現實結合，演變成魔幻現實主義一大流派，長期導引拉丁美洲長短不一的小說創作。

以上兩個傳統裏可以劃入極短篇的作品都是作家的刻意經營。但目前也有不少篇被視爲極短篇的名家名作，其實是通過長期編選活動界定出來的。透過選家的識見及選集的刊行而逐步形成一個文類的典範，是中外文學常見的過程。八〇年代英語出版界一些以平裝本上市的短篇小說選裏，不少可以歸爲極短篇的作品，來源或出處往往不是一般的短篇小說集，而是詩集或散文詩集（很多散文詩都只散見詩集）。特別抒情的散文詩自然不會入選，入選的一般會特重人物、動作、對話三個要素之一，或是較爲戲劇化的單一場景。例如墨西哥著名詩人渥大維奥•帕斯的早年名作〈藍花束〉，原刊詩集《鷹或太陽》，但不斷入選拉丁美洲短篇小說集和國際極短篇集。而瓜地馬拉小說家奥古斯托•蒙特羅索的極短篇〈蝕〉則有選家視爲散文詩。散文詩之外，長篇小說可以獨立欣賞的片段，經過選家的裁剪，有時亦以極短篇的面貌出現。例如瑞士德語文學大師麥思•弗里斯的〈伊西多爾的故事〉，原爲一九五四年長篇名作《施蒂勒》的千把字片段，但已普遍視爲獨立的短篇。烏拉圭小說家愛德華多•加萊亞諾的美洲歷史三部曲《火之記憶》，由於全以割裂的短章並置組成，這些字數不多的片段就經常出現選本，變成獨立的小故事。

就以上的介紹來看，極短篇這個文類的版圖不斷擴張，也不易界定。沒有一套定形的成規，表達模式其實包含多種次類型，極短篇無疑尚有廣闊的發展空間，有待作家、編者、選家、出版人和評論家等的互動和配合，來繼續開拓領域。

❖

一九九二年

*本文原爲爾雅版《當代世界極短篇》代序。

文學又死了嗎？

一九九二年夏天臺北報章上出現了一篇短文，認爲在電子及資訊社會，文學已經「死亡」或被評論及文化評論所代替。這個説法頗聳人聽聞，詩人瘂弦主持的《聯合報‧聯合副刊》爲此特別在八月底舉行了一個座談會來探討。以下是我在座談會上的發言紀錄，主要是介紹國外狀況，由趙衛民先生整理。

八〇年代是文學的復甦期

我覺得文學死亡的問題或者這種提法，並不新鮮，更可以説是很老。在十九世紀中葉，法國很有名的散文家、小說家和政論家夏多布里昂早就講過：「現在所有的事物都在幾個小時內老去，名氣和作品都在一剎那間消逝，人人都在寫作，但沒有人認真閱讀。」這句引文幾乎就像後來安地•華荷說的「人人出名五分鐘」的十九世紀版本。從這例子，可見十九世紀在面對現代化的來臨和發展時，已有人這樣擔憂過。

差不多與夏多布里昂同時的英國文化評論家和散文家馬修•阿諾德有類似的觀念，只是比較樂觀。他認爲：「嚴肅的文學雖然讀者會一時減少，但永不會消退，因爲文學是另一種歷史，是人類肯定自我甚至是追求自保的一種本能的表現。」所以他是從幾乎有些神秘的觀點來肯定文學的意趣。所以今天提這種說法的人，可能缺乏一些歷史感，不知道他們今天也許稱爲「前現代」的時候早就有人說過這些話了。

再具體一些，當二十世紀的電影由默片轉爲聲片時，當時很多人認爲電影已成爲一種完整的藝術，可以取代其他的藝術。但是到了三〇年代初，倒是電影向文學不斷靠攏，尤其是戲劇和舞臺劇。因爲戲劇最能突出聲片的特質，聲片是大量的對話。默片是很多動作，如卓別林和基頓就很强調動作；聲片是突出聲音，最能顯示聲音的是對話，即舞臺劇；到四〇年代還有「神經喜劇」，說話像機關槍，妙語連珠，多多少少都是由文學尤其是戲劇借用過來。所以三〇年代初預告文學要死亡了，結果文學也沒死。這是歷史上的第二次。

第三次是在美國五〇年代末，還記得當時吳魯芹在《文學雜誌》上寫了一篇報導，談美國在五〇年代末討論小説死了沒有，他把美國評論界的討論披露出來。當時發生這種言論，是由於電視世紀的到來，很多人認爲從此大家不看書，回家都看電視了。結果發現真正使文學消沉的並非電視，而是一九六八年全世界的學生運動。全世界學運發生後，創作的閱讀人口減少，轉而多閱讀哲學，搞思想，往宗教去尋求心靈的歸宿，一些簡單的人生哲理，甚至很神秘的一些非西方主流的宗教，還有東方的思潮如易經、禪、寒山，都在那時流行過，如果文學真正有所謂的低潮，也不是死亡，因爲很難説看寒山或傑克•克羅厄的《法丐》這種受東方思潮影響的小説，就代表文學的死亡。當時美國文學的主流是有低潮的現象，例如不讀海明威的作品，因爲他太多戰爭和暴力，甚至認爲他有法西斯主義傾向，他當初反法西斯的那一筆，大家就不提了。所以五〇年代預告的「文學死了」這件事，也沒有死，一直要到學運開始，思潮的方向轉變了，才出現了文學的低潮，並維持了十幾年。整個七〇年代可以説是文學的低潮，如購買、閱讀、出版都如此。

到了八〇年代初，由於錄影帶的開始風行，又有一些評論家在許多主流的文學媒體提出：由於錄影帶的革命，以後也沒人看小說了；甚至有人講笑話，說以後看小說的搞不好都是製片家，因爲都要找小說去拍片。從八〇年代初沒有甚麼人擁有錄放影機，到現在美國再小的社區都有錄影帶出租店，最反諷的是：八〇年代反而是美國出版界的復甦期。復甦的現象可以從幾方面看，第一：少數民族和其他有「少數」傾向的，如黑人作品和同性戀作品，還有女作家的作品都大量出版；第二：由電腦控制造成行銷上的進步，使出版者能很有效地統計和把握市場，對市場上的暢銷書願出高價購買，拍賣的價格愈來愈成爲天價，像華裔女作家譚恩美第一本小說《喜福會》的平裝本拍賣，就達到一百零六萬美元，至於一些名作家在書還沒寫時先簽約，也能賣到天價。像諾曼・梅勒要付出多位前妻的贍養費，一口氣簽下好幾部書，得價千萬美元，這也表示有出版社願意在小說創作上作這麼龐大的投資。另外就是各大出版社每年夏天都循例尋求新人新作，特別是長篇小說，來作爲一種賭注，如果有一本成功，其他都可回收，所以從整個市場情況和寫作的多元情況這些跡象，再加上一個有趣的統計數字，去年（一九九一年）全美電影票房是四十九億美元，但書籍總售量是六十九億美元，還不包括有聲書，如譚恩美的《喜福會》和克蘭西的《紅色十月》都製作成錄音帶，所以書市相當蓬勃，書商也樂於挖掘新人。另外，紐約出版界獨霸天下的局面也正逐漸瓦解，舊金山、洛杉磯甚至聖地牙哥等都有大出版社在競爭營運。

因此如剛才從歷史的觀點，和從也許是全世界最興旺的美國出版業來透視，不論是從嚴肅文學或垃圾文學來看，均無文學死亡或被文化評論所代替的現象。

非中心化和非正典化

另一方面，文學的版圖及定義不斷擴大，主要是「非中心化」和「非正典化」兩個現象。這兩個現象落在教學和一般閱讀上，可以看到幾個新發展：

現在對教學比較重視的學校裏，就擴充原來經典作品以外的閱讀，如少數民族的亞洲、非洲文學作品及女性文學作品。今年八月初，《紐約時報》接到一位女讀者投書，討論自己的閱讀問題。她在中學畢業班中的資優班，說她們一年要閱讀詩、小說、戲劇達三十部，其實是無法讀完的；如幾天之間看完霍桑四、五百頁的《紅字》，還得弄清楚其中的象徵含義，就得求助於有故事大綱、主題分析、象徵討論的閱讀指南，來代替大量閱讀。另外也依賴電視，例如《簡愛》，可能就看英國廣播公司依原書情節、對話完全忠實拍攝的影片，計達五個小時，看完之後就對原著較爲清楚。這樣所謂的「非中心化」和「非正典化」，在這層次上是把原來的閱讀範圍擴大，使原來的閱讀標準和評選標準模糊或被瓦解了；即使在傳統眼光中不能被視爲經典的文學作品，現在也在學校中教授，當然令在高年級資優班的學生相當吃苦。

還有另一個現象。現在美國詩人的詩集銷售量，即使在英語系統中相當出名的，不過是兩、三千冊，換言之，已無當年如佛洛斯特、洛烏爾那種獨霸詩壇的聲音，但現在美國詩壇卻呈現出活潑的現象，有「分衆」的趨勢。不是小衆，而是讀者羣分裂成許多不同的小團體，通過幾種媒介在讀詩、寫詩。第一是由於電腦印刷，詩就寫在電腦上，透過電腦網路的連線來讀詩。第二是桌面排版的方便性，很容易印行小數量流通。第三是各大城市的咖啡屋，喜歡舉辦朗誦活動。從以上幾點，比起以前買詩集回去閱讀的情況，均顯得活潑。第四是各大學的校園詩刊與學生朗誦會，在兩千家大學裏情況非常普遍。當然，像西岸一位有名詩人告訴我，他的詩集印量只有七百本；可是上述四種情況，均使詩的活動更廣泛、更大衆化。芝加哥甚至有家酒館，周五、周六均歡迎顧客演誦自己創作的詩，他們所演誦的多是美國當代「語言詩派」不屑一顧的韻詩，但他們仍是從事廣義的、「詩」的活動。

「非中心化」和「非正典化」使戲劇活動也受很大的影響。過去美國戲劇演出是百老匯獨霸，頂多再加上外百老匯。現在在北美有兩個情況值得注意。每年夏天在北美，有將近十個都市舉辦莎劇戶外演出活動，觀衆非常踴躍，《奧塞羅》在戶外演出也許不受歡迎，但《仲夏夜之夢》、《羅密歐與茱麗葉》卻很受歡迎。莎劇演出的情況如此普遍，甚至比英國還興旺；連冬天都有固定演出的戲劇團體和劇場，就改變了百老匯、外百老匯獨佔天下的局面。有些在紐約、波士頓不能演出的劇目，也可以在其他地方演出，如在西岸演出少數民族或女性主義的劇目，不一定要在東岸首演，而在三藩市、洛杉磯或聖地牙哥，甚至在猶他州的城市、科羅拉多州的大石城或西雅圖來首演。所以「非中心化」和「非正典化」可以說把文學領域擴大。而「非正典化」也未使正典完全崩潰，美國至少有六家出版社在出版經典文學叢刊，從精裝到新聞紙類印刷的小平裝本都有，可見還有固定的銷售量。因此從種種現象來看，尤其是北美，文學可以說是史無前例的興旺。

正典的國際化

傳統文學裏的正典，在二十世紀，由於印刷便利，翻譯發達，反而非常國際化，是史無前例的世界性推廣。

這種正典國際化的現象，也有很多數據可以來例證。目前企鵝出版社除出版西方經典，也出版非西方的經典，如《紅樓夢》五卷本是幾十年前不敢想像得以出版的，這些非西方的經典都被納入該社全球的發行網。另外，大量的傳統經典不斷被重印，如希臘悲劇自六、七〇年代到現在，最少有十多種新譯本，但丁作品這麼難譯，也有三種以上各種注解得極爲講究的新譯本，荷馬兩大卷史詩在八〇年代末也出現新譯本，購買的人很多，成爲大學出版社的暢銷書。古典文學透過新翻譯，與目前的語言、閱讀習慣能配合，開拓出新市場；這些正典在二十世紀的讀者，可以說超出了以前各世紀的總和。此外，二十世紀的文盲人數大量減少，例如英國學者談十九世紀義大利文化，説當時無共通語言，只有不到百分之十的人在文字上能溝通，會有多少人能讀但丁呢？恐怕他們連當時的義大利文學都看不出所以然來。今天在西方，如通英語，至少有五、六種的但丁可以選讀。英國小説方面，在伊安•華特《小説的興起》這本名著中，有非常具體的數據，拿這些老數字和今天的新印墨對比，不難看出連正典的新讀者也增加很多。這些正典，透過翻譯，在亞洲也大量被閱讀和消費。文盲人數的減少，使認識文學的世界人口愈來愈多，遠遠超過正典的本國讀者。

從六十年前開始出版平裝本，不像在十九世紀的羊皮書放在家裏當傳家寶並可以束書不觀，今天則可以看完就丟。美國的小獨立書店並非大公司的連鎖書店，也能透過電腦的有效控制，減少陳列書籍的數量，但在讀者上門後，五分鐘內查出能否供應所需的書和多快可以供應。通過郵購也愈來愈方便，對大地區如北美或英語系統的北美國家均很方便。將來在拉丁美洲更發達時，整個拉美的西語讀品也會進入同樣情況，目前拉美的名家，作品銷售動輒百萬本，但發行往往配合不上銷售，將來有電腦可以配合，就可以像今天的北美。文學作品愈來愈容易送到讀者手上，不像以前買不到作品，只能坐在家中想，買不到就是買不到，因爲那可能是孤本；現在已沒有孤本這種情形。

一九九二年

文學的「地球村」
——九〇年代的國際文壇

分衆及小衆

目前看世界文壇的情況，分衆的現象相當明顯。

美國文學過去是全國性的文學。直到六〇年代爲止，文學大家還是全國性的大家，可是到了七〇年代，這些大家陸續老去，寫作力衰退以後，有一段高原期，即所謂的退潮，使當時評論者懷疑文學是否已全面潰敗，甚至文學已因戰後長期科技發展所帶動的大衆文化而崩潰。

到了七〇年代末，又覺得這些憂慮其實是過慮。因爲雖然原來文壇的白種作家的主流在退潮中，可是美國因種族的多元與文化的多元，因而出現了幾種不同的作家：㈠是少數民族作家，如美籍華裔作家或黑人（非裔）作家和西裔作家。㈡女性作家的大量湧現，打破過去文壇由男性作家壟斷的局面；這也許因戰後教育逐漸普及，經過長期的醞釀而湧現；也可能是美國女權的平權運動，戰後經長期的掙扎而落實。女性作家大量出現，帶來新的感性，所填補的是過去二、三〇年代作家羣的作品中所見不到的格局與關注。㈢地域性作家出現：美國過去也有地域性作家，如美國南方的福克納這類，但現在地域性甚至變成一個州，也有美西部、中西部、中部，東岸還分新英格蘭、紐約州，甚至某個城的作家羣受該城讀者歡迎，也足以支持這些作家。三藩市有位小說家阿姆斯特•莫平，他的讀者羣以三藩市爲主；紐約則有保羅•奧斯特，小說中描述的經驗都訴之於非常獨特的城市經驗。由地域性或大都市的社羣來支持作家的成長的情況，就比較缺乏籠罩全國的「霸權聲音」，這與過去不同。所以文學選集也出現地域性選集，如美西作家選、中部作家選、美國東部作家選，甚至洛杉磯故事集，連南方的州也有分集，如喬治亞州的選集，有份刊物甚至專登以喬治亞州作家爲主的作品，這種小衆傾向當然也訴諸全國性讀者。少數族裔作家非常多，以單行本爲主。女性作家在單行本以外，還有大量的選集；有時也與地域性結合，如南方女作家，或西北地方女作家選，來代表她們的聲音。

這種分衆或小衆作家，表面看來彼此力量相互抵消，但其實卻製造了繽紛、歧異而更爲蓬勃的現象，因各個地區都創造了讀者，並培養了作者羣。這現象到八〇年代末，終於引起評論家的注意。

少數族裔作家的世界現象

美國的這種情況，歐洲亦有；法國有好幾位作家屬於「重要的文學聲音」，以前都是法國殖民地作家。加勒比海小島馬丁尼克的作家格列遜現在就是法國主流的詩人、散文家、小說家；另外如本哲倫是前法國殖民地的非洲作家，在法國得到大獎（法國的文學獎常沒有獎金，但作品會廣受注意），他的小說集就大爲暢銷。法國除女性作家抬頭外，殖民地作家也取代了法國白人作家的文學主流，一如美國由少數族裔作家取代原來的文學主流。這種現象是多元的蛻變，替原來文學的源流增加了生命力。

德國也有這情形。過去德語界分前西德、前東德及奧地利、瑞士各個不同地區，各有其文學發展，這四個地區修辭及取材皆不同，現在前東德作家在重新思考以前的經驗，前西德作家也在重新整理以前冷戰年代的經驗，東西兩德目前都有移民經驗。在德國這麼講究種族純粹性的國家，也出現了非德裔作家，如西德有土耳其裔作家，所以除了女性作家出現外，也有少數族裔作家，與美國情況相似。舊蘇聯解體後，民族主義抬頭，像斯大林出身地的格魯吉亞共和國，語言與俄國傳統的斯拉夫語系不同，幾個主要的大共和國使用的語言並不同，不同的語言傳統都要透過文學來替自己的新國家定位，文學因此與政治互動，扮演了完全不同的角色。文學畢竟是一個國家民族最大的神話與傳統。過去舊蘇聯定要把這些共和國不同文字的文學如烏克蘭、格魯吉亞的作品，翻譯成俄文，在中央控制下，由幾個大型刊物發表這些不同語言、不同族裔的作品。我曾訪問一位俄國作家，她主編《各民族友誼》這份刊物，就是專門以俄文翻譯蘇聯不同族裔的文學作品，來達成大一統。現在蘇聯解體，《各民族友誼》也停刊，作家可說「各營生計」。許多共和國作家因長期學習並使用俄文，浸淫在俄國文學傳統，也有許多年輕作家就是以俄文創作。這與美國情況相近，少數族裔作家使用主流語言創作，與主流文學傳統呼應。

英國原來的主流作家，可說大不如前，只剩幾位强撐大局，特別受國際注意的只有朱利安•班耳斯，是英國傳統社會的白人作家。更有名的是盧西迪，是印裔作家。九三年大西洋兩岸矚目的新進小說家 Vikram Seth 也是印裔。九一年獲大英國協卜克獎的 Ben Okri 原籍奈及利亞。石黑一雄（Kazuo Ishiguro）來自日本，毛翔青（Timothy Mo）則來自香港。來自非洲的男作家和女作家還有好幾位。以前英國殖民地作家，反而成爲英國文壇的主力，蜚聲國際。英國白種女作家朶利斯•萊辛也是在非洲成長。千里達小說家奈波，更是國際知名的大師，當然是少數民族作家，讀者羣則跨越國界。西班牙也有這情形，舉辦奧運會的巴塞隆納地區其實是獨立地區，語言並不一樣，也有自己的文學傳統，與西班牙傳統分流，在法蘭哥時期受到高壓抑制，現在則變成少數族裔的聲音。大體上在西班牙文壇，較少女性作家出現，這與女性傳統的保守有關。但整個來說，分衆化的情形在歐美文壇，有不同程度但大體相同的情況出現。雖然讀者有分衆化的情形，只讀某些領域作品，但也培養出更多讀者，總體來說，可說文學領域的版圖擴大，也可說把以前邊緣化或被忽略的聲音納入大家的注意中。這是世界性現象。

這種世界性現象也與七、八〇年代科技發達以後，整個地球變成地球村，大量移民彼此流通的現象有關。就像目前在工商界，有人說：「商人無祖國，資金無國界。」一族裔流動的變化，是世界的趨勢，既多元化又有某種共通性。因爲國際書市的發達，如法蘭克福書展是大規模的年度國際版權交易市場，造成世界文學的彼此流通，使從前依賴少數專家，在學院裏通過原文閱讀他國文學的壟斷情形被打破，現在因讀原文像念魔咒一樣而壟斷發言權的情形已降低。一九九二年德國推出美國華裔女作家譚恩美的《喜福會》平裝德譯本（此書中譯本由聯合文學出版社出版），居然一年內銷售二十七萬册，可以說譚恩美是透過德譯本對四個德語地區直接發言。德國以前要依賴在大學裏研究美國文學的專家來作中介，現在學院的霸權壟斷因翻譯和國際書市的發達而減弱了，品味的控制不再握在學院人士手上。有時學院較爲保守，新趨勢往往過了很久才被消化、吸收，且常只研究一、兩位定位非常明確的作家。現在少數族裔的作家由於國際書市和版權國際化的發達，已全面推廣。

中國作家走向國際文壇

今年我估計有幾位中國作家開始國際化。莫言《紅高粱家族》由他的美國代理人售出將近十種語文的翻譯出版權，將先在大西洋兩岸推出英譯本，美國由維京出版社出版，出版社主編甚至認爲莫言類似六〇年代他們所介紹的拉丁美洲名家，雖還年輕未成知名作家，但樂觀地表示將來會成爲國際知名的世界性作家。英國則由海納曼出版社出版。另外劉恒《黑的雪》將由大西洋月刊出版社推出英譯本，也可能贏得西方龐大的讀者羣。目前幾個美國大出版社在評估中的，尚有幾位中國大陸作家。在臺灣方面，我曾向美國的出版社建議推出朱家三姊妹的集子。在世界文學史上，三姊妹均寫作的並不多，好像只有白朗蒂三姊妹，剛好老三的寫作能力也弱一點，巴黎雜誌已考慮推出朱家三姊妹小說選，可請朱爸爸朱西甯作序，再請劉慕莎談三個女兒的成長經過，就更完美了。海峽兩岸的作家都可能通過版權國際化，走向國際文壇；至於是否得到承認，並在各地擁有大量讀者，要靠緣分和運氣，也得看各地書評家是否推介。現在西方比較傾向長篇小說的譯介，認爲長篇小說是作家較精采的表現，大陸作家就較佔便宜了。另外王文興《背海的人》譯本也將推出，《家變》也已經譯好，尚未找到出版商出版。中國文學步步走向西方文壇，充滿了可能性；西方出版社的出版態度與從前不一樣，因爲他們的本國文學正在蛻變之中，這種分衆現象其實是多元性，對外國文學作品的出版也就多元化了。中國文學較吃虧的是能翻譯的人不多，翻譯好的更少。如莫言的《紅高粱家族》將來推出西班牙譯本，是靠英譯本重譯。翻譯中國文學的困難在於：中文的學習過程很長，較難培養出翻譯人才。

影視與藝術領域的擴大

在電影上，好萊塢電影還是具有壟斷性。新的錄影帶和影碟在已開發國家中，是世界性的普及，這種現象對文學人口來說是一刀兩面。一方面吸引大衆多看了很多電影，和好的電視節目，也有製作水準很高的錄影帶和影碟出現，再加上衛星電視、有線電視。有線電視可選擇的電視臺多達幾十個，從兒童臺到MTV到全新聞臺等等，使大家的時間愈來愈不夠用。對文學來講，雖然是有衝擊，但影視節目本身常需要文字的來源，也就常自文學取材。美國每年最後一季上檔的電影，是最重要的，除了耶誕節等節日對市場相當有影響力外，還要爲次年的奧斯卡提名而得先在年底前播映。去年這季的美國電影，製作得較好的片子絕大多數都由當代舞臺劇本、小說、現代或古典的文學名著取材。哥普拉就重拍吸血殭屍的老故事，米高曼重拍《最後一個莫西干人》，也是美國當年自然主義小說裏的代表作，其他有好幾部均從當代的舞臺劇改編。這可以看出，由文學取材是主要的來源。

影視多元之後，影碟和錄影帶市場使得過去無法維生的獨立製片，現在可以在少數藝術電影院上映外，還可以透過影帶和影碟和更多的觀衆接觸，這是以前難以預料的。這並非說片商忽然對較嚴肅的藝術有了敬意，而是因有消費者，這是市場經濟的道理。美國人要看歐洲或外國電影，這些電影也有更多機會與美國觀衆見面。大陸導演的電影，通常不能在美國全面上片，只在幾個大都市上映，現在都透過影帶、影碟而較廣泛地流傳，如張藝謀、田壯壯是兩個大家比較熟悉的例子；臺灣電影目前打入影展，但尚未打入錄影帶和影碟市場，就像侯孝賢的《悲情城市》等雖受到美國影評界好評，或由於電影的背景，還未得到影帶和影碟的青睞。

有了這種影碟和影帶的連鎖市場後，歐洲或美國都較易看到其他國家的影片。文學一方面受到衝擊，但大衆也擴大了藝術感性的領域；因爲看過一個國家的電影，也會對該國的文學發生興趣，對該國的社會、文化有興趣。

藝術和文學有互動的關係，目前也有重新結合的情況。電影以外，繪畫是更「無國界」的。後現代主義的建築風格幾乎變成世界性的潮流（臺灣很多模倣的，香港也是），這種建築風格也可以「本土化」，因爲拼貼作法可以在本地取材，與本地的建築材料、建築風格結合，不一定要如現代主義的建築風格，只能是一個西方大都市的模式或類似功能主義的作法。這就端視各地建築師如何在國際大潮流中別出心裁的創造風格了。

❖

＊本文原爲一九九三年一月《聯合報・聯合副刊》訪談部分，由趙衛民先生記錄整理。

後記

鄭樹森

書名的「現代」在中文學界泛指新文學運動到一九四九年的三十年期；「當代」則是一九四九年後至今。西方的用法略有不同。「現代」可以是世紀初到第二次大戰的終結；「當代」就從戰後開始。這本文集的內容相當龐雜，又涉及中西文學，但從歷史時序的中性角度來看，文章內容都可分劃入這兩個時期。而談攝影藝術和「漢族史詩」的論文，仍都和現、當代的中外文藝理論有關。

沒有用「後現代」，因爲這是個意義極分歧的術語，本書內的用法各有所指。更不敢用「後當代」，因爲史丹利·費殊與費德力克·詹明信兩位教授聯合杜撰的這個名詞，據後者面告，是指世紀末的九〇年代，已逐步走向一般所指的「當代」之後，是前瞻的，也是告別的。

這些文章挑選自近六年來的筆耕。現在重讀一遍，如果有什麼連貫性，那大概就是文學理論和比較文學的角度。把這些蕪雜的文字結集，固然是敝帚自珍，也是三民書局負責人劉振強先生盛情難卻。在文學書普遍「低潮」的今天，劉先生的執著令人鼓舞。

多年來在不同的學術會議裏，與李歐梵教授的「唱和」及「對話」，都是很愉快的經驗。這回請他在百忙中賜序，希望能「重構」，甚至分享這喜悅。

一九九三年十月

三民叢刊書目

㉔臺灣文學風貌　李瑞騰著
㉕干儛集　黃翰荻著
㉖作家與作品　謝冰瑩著
㉗冰瑩書信　謝冰瑩著
㉘冰瑩遊記　謝冰瑩著
㉙冰瑩憶往　謝冰瑩著
㉚冰瑩懷舊　謝冰瑩著
㉛與世界文壇對話　鄭樹森著
㉜捉狂下的興嘆　南方朔著
㉝猶記風吹水上鱗
・錢穆與現代中國學術　余英時著
㉞形象與言語
・西方現代藝術評論文集　李明明著
㉟紅學論集　潘重規著
㊱憂鬱與狂熱　孫瑋芒著
㊲黃昏過客　沙究著
㊳帶詩蹺課去　徐望雲著

㊴走出銅像國　龔鵬程著
㊵伴我半世紀的那把琴　鄧昌國著
㊶深層思考與思考深層　劉必榮著
・轉型期國際政治的觀察
㊷瞬間　周志文著
㊸兩岸迷宮遊戲　楊渡著
㊹德國問題與歐洲秩序　彭滂沱著
㊺文學關懷　李瑞騰著
㊻未能忘情　劉紹銘著
㊼發展路上艱難多　孫震著
㊽胡適叢論　周質平著
㊾水與水神
・中國的民俗與人文　王孝廉著
㊿由英雄的人到人的泯滅
・法國當代文學論集　金恆杰著
(51)重商主義的窘境　賴建誠著
(52)中國文化與現代變遷　余英時著

(53) 橡溪雜拾

思果 著

本書爲作者近年來旅美讀書心得、生活觀感。作者人生經歷豐富，觀察入微，涉筆成趣，說理深入淺出。觀世的文章，卻沒有說教的味道，詼諧之文寫來沒有做作的痕跡。有美麗如詩的短文，也有談論科學知識的篇章。適合各階層讀者加以細讀品味。

(54) 統一後的德國

郭恆鈺 著

兩德統一不是西德用馬克吃掉東德，也不是聯邦德國版圖的擴大，而是兩個政經體制完全不同的國家及人民的重新整合。本書從這個角度出發，介紹統一後的德國在經濟、政治、法制、教育以及意識型態等多方面所遭遇到的諸多問題。

(55) 愛廬談文學

黃永武 著

本書以中國文學詩歌爲主體，爲維護中國文字的正體字而大聲疾呼；爲光揚中國古典詩在現今美學中的價值而細心闡發；對於敦煌新發現的寫卷資料，也用淺顯筆法作應用的示範；對西洋星座起源的追索以及對「圖象批評」的分析，均極具啓發作用。

(56) 南十字星座

呂大明 著

人生是一段奔馳的旅程，生命的列車載著你、我向四野茫茫的時空飛奔……當你在生旅中奔馳，請爲這本小書逗留片刻，書中有人間至情、生活的哲思、美的闡釋、文學盤古的足音，有清純如童謠般的吟唱，也有鐫心的異鄉情懷……

57 重疊的足跡

韓　秀　著

因為一份眞摯的愛，對文學，對那塊廣袤的土地，對那些親如手足的人；所以有了理解，有了同情，有了尊敬；那怕是擦身而過，也會留下痕跡，留下感觸。本書作者以親身經驗寫她和十多位作家的交往，為當代中國文學史添加幾頁註脚。

58 書鄉長短調

黃碧端　著

本書內容包括文學隨筆、新書短評、域外書介三部分。作者藉由理性的角度、感性的筆調，評論了近幾年來出版的一些小說，兼論及文學界的一些人與事，並對中文西譯的困難展現出相當程度的關懷。

59 愛情・仇恨・政治
・漢姆雷特專論及其他

朱立民　著

本書論及四部莎士比亞悲劇裏的各類問題：如朱麗葉的父親對悲劇發生的責任、奧賽羅黑皮膚的反諷、漢姆雷特內心的衝突、勞倫斯奧立弗如何改編莎劇及柴弗瑞里如何處理漢姆雷特的戀母情結等等。

60 蝴蝶球傳奇
・眞實與虛構

顏匯增　著

本書所力圖企及的絕非所謂的「魔幻寫實主義」，而是企圖尋找一個眞正屬於「紙上文字世界」的經驗。作者認為唯有從紙上經驗「本身」獲得眞實的感受，才能在諸般迥異於文字世界的世界中，洞見出眞正活生生的東西……

⑥¹ 文化啓示錄

南方朔 著

目前的臺灣正在走向加速的變革中，相應的是一切變革之後的「文化」改變卻明顯的落後太多。「文化」與現實的落差是作者近年鍥而不舍於「文化」問題的原因，本書則是提供讀者一個思考的空間。

⑥² 日本這個國家

章陸 著

本書從東、西方及過去、現在、未來等衝擊與演變，綜看日本的萬象。作者以旅日多年的見聞，根據今昔史實，敍述日本的風土習俗、文化源流、天皇制度、政壇人物、社會現象等等，並比較其互爲因果，以期能向國人提供認識日本的一些參考資料。

⑥³ 在沉寂與鼎沸之間

黃碧端 著

本書是作者對當今時事的分析評論集，篇篇都有獨到的見解，觀察入微、議論平實。除了能啓發讀者另一層思考外，亦展現出高度的感性關懷。在紛擾鼎沸的世局中，是一股永不沉寂的清流，值得關心國事的人，同來思考與反省。

⑥⁴ 民主與兩岸動向

余英時 著

一九八七—九一是海峽兩岸局勢動盪最劇烈的時期，在此關鍵時刻，本書作者以一個「學歷史的人」的觀點，對中國的民主發展及兩岸動向提出一些見解，期望此見解能產生「見往知今」的效用，同時也期待處於此歷史轉折點上的中國人一起省思。

⑥5 靈魂的按摩

劉紹銘 著

本書作者長年旅居海外，以宏觀的視野、幽默風趣的筆調，對當代中國文學及世界文化現象，加以詮釋及評析。希望讀者藉著本書的「按摩」，不僅能達到滌清思緒，舒筋活骨之效；更能對這個既熟悉又陌生的世界，有著嶄新的認知及體驗。

⑥6 迎向衆聲
·八〇年代臺灣文化情境觀察

向陽 著

本書是作者在八〇年代期間，面對風起雲湧之臺灣文化現象所作的觀察報告。向陽以其詩人之心、論者之眼，透過對文學、藝術、民俗、語言、史料整理及相關著作的解讀與評析，試圖建構一個「文化臺灣」圖式，彰顯八〇年代臺灣文化的形貌。

⑥7 蛻變中的臺灣經濟

于宗先 著

由於兩岸解凍、經濟自由化、臺幣升值、金融狂飆等問題的激盪，引發了社會失序、政府無力、人民迷惘的混沌現象。身為此大變局中的一員，本書作者表達了一個知識分子的感受和建言，期待能為這個蛻變的時期留下記錄，並提供解決的途徑。

⑥8 從現代到當代

鄭樹森 著

五四運動帶給中國現代文學的影響是巨大而深遠的。作者以此為出發點，運用他專業的學識及文化素養，對現今兩岸三地的中國文學和作家，作了深刻的研究和評論，並旁及與西方文學的比較，是一本內容豐富的文化評論集。

⑲嚴肅的遊戲
·當代文藝訪談錄

楊錦郁 著

本書共分文學心靈、文學經驗、文學夫妻、電影之美四部分，訪問了白先勇、洛夫、葉維廉等當代著名文學家，暢談創作的心路歷程，是作者從事報導文學多年累積而成的文字結晶，值得您細細品味。

⑳甜鹹酸梅

向明 著

本書是作者在人海中浮沉時所領略體會出的諸般心得和感想：有人間世事的紛擾和關懷，有親情友情的回味和依戀，更有旅途遠行的記憶和心得，反映出生逢亂世一個平凡人的甜鹹酸苦，文字簡鍊流暢，是作者詩筆以外的另一種筆力。

㉑新詩趨勢

白靈 著

本書詳盡的評析了新詩的源起及演變、臺灣詩壇的今與昔，除介紹鄭愁予、葉維廉、羅青等當代名家的詩作及創作理念外，並給予初習新詩者的入門指引，值得想一探新詩領域的您細細研讀。

㉒日本深層

齊濤 著

「日本學」是國際間新興起的一門學科，本書特就政治、外交、國防、經貿、社會等多重層面，詳述剖析近年來發生於日本的重要事件。作者體察時勢、觀察敏銳，研讀此書，將有助我們更深一層了解日本的表裏。

⑬美麗的負荷

封德屏 著

本書是作者從事寫作的文字總集。有少女時代所寫，如詩如歌的雋永小品；更有以求眞存眞的態度詳實記錄而成的報導文字，對象涵蓋作家、影劇圈、藝術家等文藝工作者的訪談記錄。值得有心人一起駐足品賞。

⑭拒斥現代文明的隱者

周陽山 著

生爲現代人，身處文明世界，又何能自隱於現代文明？本書內容包括散文、報導文學、音樂、影評、書評等，作者中西學養兼富，體驗靈敏，以悲憫之心關懷社會，以詳贍分析品評文藝，是學術研究外，結合專業知識與文學筆調的另一種嘗試。

⑮七十浮跡

・生活體驗與思考

項退結 著

本書是作者一生所思所悟與生活體驗。從青年時米蘭求學，到「哲學之遺忘」的西德八年，再到主持《現代學苑》實踐對文化與思想的關懷，最後從事教學與學術研究的漫長人生歷程。雖是略帶有自傳性質，卻也反映了一個哲學人所代表的時代徵兆。

國立中央圖書館出版品預行編目資料

從現代到當代／鄭樹森著.--初版.
--臺北市：三民，民83
面；　公分.--(三民叢刊；68)
ISBN 957-14-2058-1 (平裝)

1.中國小說-歷史與批評

827.88　　83000263

著　者　鄭樹森
發行人　劉振强
著作財產權人　三民書局股份有限公司
印刷所　三民書局股份有限公司
復興店／臺北市復興北路三八六號五樓
重慶店／臺北市重慶南路一段六十一號
郵　撥／〇〇〇九九九八——五號
初　版　中華民國八十三年二月
編　號　S 85246
基本定價　叁元壹角壹分
行政院新聞局登記證局版臺業字第〇二〇〇號

ISBN 957-14-2058-1 (平裝)